新潮文庫

甘いお菓子は食べません

田中兆子著

新潮社版

10603

目次

甘いお菓子は食べません

結婚について私たちが語ること、　語らないこと

「おととい、四十一歳にして生まれて初めてプロポーズされたの」

「マジすか！」

「ベシ子さん、ど、どんな人ですか！」

私がするっと言うと、のんちゃんとあやっぴは目の前に好物が出てきたようにかぶりついてきた。十七時に開店したばかりのレストランにはまだ他に客がいないから、人が聞けば思わずその顔をのぞきこみたくなるような話でも平気でできる。

「あやっぴ、動揺してる」

「そんなことないよ」

「ベシ子さんが結婚したらアタシ負け犬最年長になっちゃう、あせりまくり！って心の叫び声が聞こえるけど」

「別にあせってないもん」

のんちゃんのからかいに、あやっぴは軽くあしらうように答える。

私たちは、老舗《しにせ》といわれているゴルフ倶楽部《くらぶ》で正社員のキャディーとして働いている。キャディーを付けないセルフプレイのゴルフ場が増えるなか、厳しい社員教育を受けたキャディーが必ず付くプレイ代の高い倶楽部だが、私たちのお給料も高いかといえばそれはまた別の話である。キャディーを「芝生のホステス」と揶揄《やゆ》する人もいるけれど、私自身は、コースを熟知した職人的ガイドとして的確なアドバイスを心がけ、余計なことは言わず下ネタは聞こえないふりをして、スムースなプレイ進行のために細かく気配りする接客のプロだと思っている。私は勤続二十年のベテラン、高校の新卒で入った二十五歳ののんちゃんと中途入社の三十四歳のあやっぴは同期で、七年目だ。

のんちゃんがふいに私の顔をじっと見る。

「もうヒゲないですね」

「え、そう思う?」仕事終わりでスッピンの私が、鼻の下や口のまわりを伸ばして見せる。

「ほんとだ、もう全然わかんないです」

「よかった、これで心置きなく結婚もできる。ビールおかわり!」

私は男ではないしニューハーフでもない。ついでにベシ子という名でもない。可子《よしこ》という名前だけど、名付け親の祖父自ら「然《しか》る可《べ》し」の「可《べし》」だからベシ子と呼び、家族から小中学校の友達、友達からキャディー仲間へと言い伝えられて今に至る。のんちゃんがヒゲと言ったのは、三年前の猛暑の後、口のまわりにできた薄いシミだ。仕事中、シミのできやすい頬やこめかみはお客様が見ていない隙《すき》にパタパタとメイクを直すが、汗が溜《た》まる鼻の下からほうれい線にかけてはつい忘れがちで、七十代のジエントルマンなメンバーさんが「お口が犬《ワンコ》になってるよ」と言ってくださったときにはすでに手遅れだった。気がつけば素顔が泥棒みたいになっていた。ビートたけしがコントで演じていた鬼瓦権造《おにがわらごんぞう》のような顔。それをオカッパにすれば自分でもほれぼれするほどよく似ていた。ちなみに小学生のとき男子につけられたあだ名は深海魚。皮膚科に大金をつぎ込み、レーザーだの光だのを照射し、医療クリームを塗り続け、ようやくひげのあるブスからひげのないブスになった。

「ベシ子さん、また誰かの紹介ですか。あ、ビール二つとコーラ一つ」あやっぴが店員にオーダーする。

「うん、今度はマキタさんが、知り合いの人をね」

「あの人確か、市の婦人会の役員とかやってんですよね」お酒が飲めないのんちゃんは、飲み終わったコーラのグラスを傾けて氷を口に流し込む。

「土下座婚活って効くんだね」私はへらへら笑う。

マキタさんは五十代のキャディーだ。職場には六十代キャディーもごろごろいる。この年代は若い頃から働いている地元農家の嫁が多く、バブル期にはかなりの金額を稼ぎ、今でも体力充分、芝目やラインを読む技は若いキャディーなど足元にも及ばないと自負している猛女集団だ。さっぱりした気のいい女性もいる一方で、シングルマザーやバツイチが多い私たち世代や、すぐにやめる子が多いその下の世代を目の敵にする女性もいる。

昨年、温泉旅館に泊まりがけで開かれたキャディー忘年会のときのことだ。猛女集団のボスのサカガミさんが、太った体に旅館の浴衣《ゆかた》をぐずぐずに巻いて「あんた、結婚どうすんの？　したいの、したくないの、本当のとこどうなのよ？」とからんできた。

おそらく、「したい」と言えば、その顔とその年でよく言うわという雰囲気を醸《かも》し出しつつ、それなら外見をもっとかまえ、低収入でも子持ちでも年寄りでも選り好みしてはいけない、とお決まりの説教をまくし立て、「したくない」と言えば、無理しちゃってという内心を隠しもせず、年取ったら一人は寂しいし万が一孤独死したらみじめじゃない、となおさら落ち込むようなことをすらすらと並べるのだ。どっちに転んでも憐《あわ》れまれるのは同じ、「四十すぎた独身に結婚をあれこれ聞かない条例」を施行してほしいものだ。

　私は、サカガミさんが夫の浮気相手のマンションに怪文書をばらまいて別れさせたことがあるのを知りつつ、尋ねてみた。

「結婚ってしたほうがいいですかね？」

「いいに決まってるじゃない！　結婚できないのは人間としてどこか問題がある証拠でしょ」

　結婚していても人間として問題のある人はいるんじゃないかと思っていると、さらにサカガミさんはたたみかけてきた。

「結婚してない女は、女として不幸なの！」

　向かい側に座っているバツイチの元ヤンキー、上下ジャージのゆみちゃんが箸《はし》を止め、サカガミさんにガンを飛ばしたのを横目で見ながら、

「じゃあ幸せな女の先輩として助けてください。私、ほんっとーに結婚したいんです。いい人紹介してください。お願いします！」

　畳に手をついて頭を下げた。こういう動作が自然に出てしまうのは、茶道を嗜《たしな》んで

いた祖父のしつけの遺産だろう。

思ったより大声を出していたのか、頭を上げるとみんながこちらを見ていた。「酔っ払っちゃっててすみませーん」ととりつくろうと、宴会場はまたざわざわと元の状態に戻ったのだが、そのあと陰でいろんなことを言われた。自虐《じぎゃく》にもほどがある、あんながつがつした人だと思わなかった、サカガミさんに取り入ったのだ、といった悪口がほとんどだったが、誰かが言った土下座婚活という言葉に一番驚いた。でも、一番適切にも思えた。温泉から帰るとすぐに、猛女集団のキャディーさんがぽつぽつと男性を紹介してくれるようになったのだ。

「その人いくつですか？」

「三つ上の四十四歳。初婚なの」

「職業は？」

「アパートの管理人」

「年収は？　アパートに住み込みなんですか？」

「年収は聞いてないけどそんなに多くないと思う。今は自宅で母親と二人で暮らしてるの。おかあさんはフラダンスが趣味なんだって」のんちゃんの立て続けの質問に一つずつ答える。

「よしよし家はあるんだな」

「バツイチ子供ありよりいいですよ」

「でも母一人子一人ってのはなあ」

のんちゃんもあやっぴもおかあさんのフラダンスには何の関心も示さない。

「彼は次男なの。近くに結婚している長男がいてね。あ、それから、もうすぐ退院する九十三歳のおじいさんもいる」

「自宅暮らしってことは、結婚したら同居ですよね、たぶん」

のんちゃんは最初に出てきたポテトフライを半分以上一人で食べ、指についたケチャップを舐《な》めている。手首のあたりが輪ゴムを巻いたようで、赤ちゃんのそれを思わせる。

「ううん、それはないの。おじいさんの介護は手伝うと思うけど」

あやっぴとのんちゃんが顔を見合わせている。

「同居しなくていいなら何よりだけど、いきなり介護かあ」

のんちゃんは一年前に二十歳年上の会社社長と結婚し、湾岸の高層マンションに二人で暮しているが、そのマンションの別の階には夫の両親も住んでいる。

「どんな感じの人ですか？　芸能人で言うと？」

あやっぴはコースターの水滴を紙ナプキンで拭《ふ》きながらたずねる。

「体育会系だけどおだやかな感じ。芸能人で言うと……芸能人じゃないけど、ガリガリ君かな」

「え、あのアイスのキャラですか？」

「そう。子供に柔道教えてててね、身長一七〇センチで体重一〇〇キロだって」

「ガリガリ君……だけどデブ」

のんちゃんがぼそっとつぶやく。「で、プロポーズに何て返事したんですか？　っていうかまだイエスって言ってないですよね。言ってたらあたしたちに『結婚する』って言いますもんね」

「そうなの。ありがとうございます、まだお会いして三時間しかたってないので、もう少し考えさせてくださいって答えたの」

「なんじゃそれ！」

「その人速攻すぎ」あやっぴが自信たっぷりにつけ加える。「フツーは、交際を前提として結婚させてください、からでしょ！」

「はあ？」

「あれ？　あっ、結婚を前提として交際させてください、でしょ！」

「私のどこがいいんですかって聞いたら、健康的なところだって。そこしかほめるとこないからでしょう、って笑ったら、ビールをおいしそうに飲むところ、だって」

「お見合いでいきなりビールですか」あやっぴがあきれている。

「だって仕事の後だったから……一緒にビール飲んだのよ」

「お酒飲める人でよかったですねえ」

「健康的って、ビミョー」のんちゃんが不満そうな顔をしている。

「健康は大事でしょ」あやっぴがのんちゃんをにらむ。

「まあね。だからあやっぴはまず頭痛をしっかり治したほうがいいんだよ。にこにこしてるともっとモテんのに、いつも頭痛いって不機嫌そうなのが男運を悪くしてる」

「そうかな……」

あやっぴが、のんちゃんの言うことをいつになく素直に受け止めている。あやっぴはひどい偏頭痛持ちで、月に数日間は寝込んでしまうのだけど、最初に入った会社では上司に理解してもらえずやめることになり、それから職を転々としてこの仕事でやっと正社員になれた。それに、イラストレーターの夢をあきらめずに描き続けているから、拘束時間が短いキャディー業は都合が良いらしい。

「ていうか、笑わないとちょっと中谷美紀に似てるってお客様からほめられたことしつこく覚えてんでしょ。でもさあ、笑うとちょっと久本雅美《まさみ》に似てんだから笑ったほうがいいって」

「よくない！」

キャディー仲間に、若めの今いくよ・くるよと呼ばれているあやっぴとのんちゃんを見ながら、私は二杯目のビールを空にする。

私たちの仕事はシフト制だから毎日顔を合わせることはないが、月に一回は集まって飲んでいる。今日はあやっぴが選んだ海の見えるカジュアルレストランだ。夏の日差しがようやく傾き、予約した外のテラス席は、海からの風が気持ちいい。

のんちゃんがイタリアンハンバーグだのミックスピザだのをわしわしと食べる横で、あやっぴはシーザーサラダや海鮮カルパッチョをつまみながら味がもうひとつなどとぶつぶつ言っている。私は、さっきまで二十本近いゴルフクラブを片手で運んだり、林に打ち込まれたボールを探して這《は》いずり回ったり、ミスショットするたびに八つ当たりするビジターさんを笑顔でなだめていたりしたのが嘘《うそ》みたいで、「地獄から天国ねえ」と笑みがこぼれる。

今朝は四時起きで炎天下のコースを2ラン《ツー》（36ホール）回り、三リットル飲んだ水が全部汗になって体重が軽く二キロ落ちるほどだったけど、スーパー銭湯で汗を流し、夕暮れの空を見ながらビールを飲めば、すべての疲れが手品のように跡形もなく消える。

「あっ、忘れないうちに」

私はバッグのなかから、ビーズでできたゴルフマーカーを三つ出してテーブルに並べる。

「あっ、カワイイ！」のんちゃんが早速手に取る。

「ぶーこ先生にリクエストしてまた作ってもらったの。好きなの選んで」

「ありがとうございまーす」二人が声を揃《そろ》える。

ぶーこ先生とは、私が中三のときに家庭教師だった武子《たけこ》さんのことで、今は有名なビーズアクセサリー作家だ。当時大学生だったぶーこ先生はテニス帰りに家に来ることが多く、すらっと背が高くて、ミディアムブルーとピンクのコントラストが鮮やかなマジアのテニスウェアがとても良く似合っていた。その頃大好きだったとんねるずの歌に「住むなら祖師谷大蔵《そしがやおおくら》さー」という歌詞があり、ぶーこ先生に電車で一時間半かけて連れて行ってもらったことがある。その後も付き合いは続いて、新婚家庭にも遊びに行った。自由業の旦那様が料理をつくってもてなしてくださり、結婚するならこういう人がいいと憧《あこが》れたが、かつては漁師町だったところに生まれ住む私の周囲にそんな男は皆無だということを、その頃はまだ気づかなかった。

「ベシ子さん、その人とつきあうことにしたんですね」

パステルカラーのマーカーを手にしたのんちゃんが尋ねる。あやっぴは黒白のマーカーを選び、私の予想通りだった。

「今度デートすることになってる」

「じゃあホテルも行って、あっちの相性もチェックしとかないと」

「のんちゃん、ほんとに二十五歳？」あやっぴが眉《まゆ》をひそめる。

「体内年齢は五十五歳」のんちゃんがピザにかぶりつく。

「ガリガリ君のこと、好きになれそうっぽいですか」

「わかんないけど、ラストチャンスかもしれないし」

「何言ってんですか、妥協しちゃだめですよ」

あやっぴがすかさず言う。のんちゃんはあやっぴを横目で見ながらまたピザに手をのばす。

私は五年前、結婚相談所に登録したことがある。美容院で流行のヘアスタイルとメイクを頼み、プロフィールに添付する写真をプロに撮ってもらった。

ヘアカタログの女の子たちは、髪型はそれなりに違うのにみんな同じ顔に見えてくらくらしたが、私は同じ顔にすらならず、規格外の顔のでかさが強調され、似合わない流行を追った痛々しさが増すだけだった。唯一の取り柄は若く見えることだが、無駄に肌がキレイな不美人は年がわかりにくいだけで、いくら若く見えても三十代が二十代前半に見えることはありえず、三十六歳が三十二歳に見えても、若い子好きの男性には意味なし、だった。

結果、一人も申し込みはなかった。ああいうマーケットでは、きゅうりやなすと同じで、鮮度が悪いのと見てくれのまずいのはまずはじかれるということを腹の底から理解できた。ならば地道に対面販売かと、読書会で知り合った友人が主催するバーベキューに参加したり、ゴルフスクールにも通ったが、寄ってくるのは怪しい小説家志望（一緒に住もうと言われて断わったら殴られた。西村賢太のファンらしい）や、怪しい青年実業家（資金を援助して欲しいと言われて断わったらつきまとわれた。他女から貢《みつ》がれたのか、ある日を境に、消えた）だけだった。私の売りは私の稼ぎしかないのだと身をもって知った。

あやっぴとのんちゃんはそんな過去を全部知ったうえで、それぞれの気遣いでラストチャンスという言葉に反応している。

「あやっぴは独身が自分一人になるとさびしいから、ベシ子さんに結婚してもらいたくないんだよね」

「そんなことない、四十過ぎて結婚できるなんて希望の星だもん。ベシ子さんが仕事やめちゃうほうが悲しい。頼むから結婚退職しないでください！」

「マスターが引き止めるって」

「仕事のことはガリガリ君とまだ話し合っていないのよね」

　あやっぴは入社した当時、お客様との会話がうまくできず、よく仕事帰りに相談に乗ったものだった。最近、集客のために年取ったキャディーをリストラするゴルフ場もあるらしいが、私たちキャディーを束ねるマスターは、ベテランのキャディーができるだけ長く勤められるように配慮してくれている。

「それにさあ、妥協したくないのはあやっぴでしょ。妥協なんて言ってるうちは結婚できないからねー」

　のんちゃんがあやっぴにおどけた顔をしてみせると、あやっぴはドン、とテーブルを叩《たた》いた。

「あんたは私の母親かって。すごい高望みしてるわけじゃないもん、誰でもこれだけは譲れないってところがあるでしょ、だからそこは通さないと結婚したって幸せになれないよ。お金はないけど好きな人と結婚したら、二十代までなら『愛だね』って好意的に受けとめてもらえるけど、三十過ぎれば『焦《あせ》ってたんだね』って陰口叩かれちゃうんだよ。だったらまわりから何言われても、自分では妥協じゃなくて納得してないと結婚なんかできない」

あやっぴは早口になり、私は黙って聞くだけだったが、のんちゃんはまた始まったという顔をした。以前だったらあやっぴに負けないくらいすぐ熱くなっていたのに、結婚後はどことなく余裕がある。

「そりゃね、あやっぴは学生時代から絵を描いたりしてるけど、あたしはすごい才能があるわけじゃないし、頭良くないし、家は貧乏だし、もう妥協するラインが低すぎて見えんかったよ」

「そんなこと言いながら、年収三百万以下は問題外って言ってたじゃない」

「だって、あたしのまわりってしょうもない男とデキ婚だらけで、みんなほんと苦労してっからね。やっぱ結婚する相手でうちらの一生は決まるよねって話になんの。だからあたしは妥協じゃなくて、高望み上等！っすよ」

「しっかりお金持ちつかまえられてよかったよね」

「あたしはチャンスつかんだら離さないからね。誰かと違って、私ストライクゾーン狭いから、なんて言い訳しないし、もっといい人いるかもって婚期逃したりもしないから」

のんちゃんとあやっぴは仲が良いからこそ、きわどいところまで言い合う。

「次にデートしたら、また報告するね」

私は明るく言う。言いながら何だかなあと思う。うれしくて自慢している感じは否《いな》めない。でも話してしまうのは二人の前だからだ。

同年代の友達はみな早くに結婚しているから、結婚することそのものについての真剣な興味はとっくに薄れていて、その前で浮かれるのはさすがに恥ずかしい。しかも離婚した友達もそうでない友達も、結婚して幸せになれるとは限らないと実感しているから、たとえ私のプロポーズ話を聞いても手放しで喜んでくれることはなく、冷静でシビアな意見がビシバシと繰り出されるか、「よかったわねえ」と妙にほっとされるかだろう。四十代同士の結婚式によくある、祝福しつつも盛り上がりに欠ける大人の雰囲気になりそうなのが容易に想像できて、今はそれがなんとなくつまらない。

婚活失敗談を話したときは、必要以上になぐさめられたり励まされたりして、居心地が悪かった。もちろんみんないい友達なのだ。でも私が望んでいたのは、一緒に怒ったり悲しんだり笑ったりすることだった。そうしてくれたのが、同じく独身のあやっぴとのんちゃんだった。私たちは結婚というものを前に戦う同志だ。年の離れた職場の先輩を立ててくれているのもわかっていて、私はそれに甘えている。

のんちゃんが箸を置いて、小学生のように右手をあげた。

「ベシ子さんがガリガリ君と結婚したいなら、賛成します！」

「私は顔見てから決める。ベシ子さん、今度会ったら写真撮ってきてください」

「あやっぴが結婚するわけじゃないっしょ！　しかも決め手が顔？」

「顔見ればどんな人かわかるもん」

「あてにならん」

「あっそうだ、この前ネット見てたら『この人と結婚していいの？　と思ったときにチェックする一〇〇の項目』ってのがあったんだよね」

あやっぴがiPadを出して探し始める。

「一〇〇は多すぎない？」

「いやそれくらいあったほうが」

「あっ、これこれ！」

私たち三人は姉妹のように頭を寄せ合い、iPadをのぞきこんだ。

＊

三日後、のんちゃんはクラブハウス内のキャディールームで湯あがりのふき出す汗をぬぐいながら、あやっぴが戻ってくるのをじりじりと待っていた。ベシ子が休みの日である。

キャディールームには、五十人以上所属するキャディーに一つずつ与えられているロッカーが、壁一面にずらりと備え付けられている。中央には横長のテーブルがいくつも並んでいて、キャディーは着替えも食事も休憩もすべてここで済ませる。隣に浴場があるから、お弁当を食べている横を裸のおねえさんが行き交うのも日常茶飯事だ。

汗だくのあやっぴが部屋に入ってくるなり、のんちゃんはあやっぴを手招きした。

「この後、お茶できる？　話したいことがあるんだ」

のんちゃんはむっちりした体をタオルでごしごし拭きながら、あやっぴに顔だけそろりと近づける。

「ガリガリ君、ちょっとすごいらしいんだ」

「ガリガリ君？　ああ、ベシ子さんの彼氏ね。どうすごいの？」

「だからー」のんちゃんはテーブルでぺちゃくちゃしゃべっている猛女集団をちらと見る。「外でお茶しようよ」

「オッケー」

キャディーのおばちゃんたちは地獄耳でなおかつリスニング能力は標準の半分以下だから、キャディールームでの何気ないお喋《しゃべ》りが、まるっきり別の話になって広まっていることはよくある。

急いで仕事着を脱ぐあやっぴの横で、のんちゃんはドラッグストアで買った腋《わき》の制汗スプレーを全身にくまなく散布しながら「あーひんやり」と恍惚《こうこつ》の表情を浮かべている。こうして一週間にスプレー一本を消費するのは昔からの習慣で、お金持ちと結婚してもシャネルのオードトワレなんか使わず、ましてや仕事をやめないのは、自分のお給料をまるごと母親の借金返済にまわしているからで、そんなのんちゃんをあやっぴはひそかに尊敬している。

「私、こないだぶーこ先生のHP初めて見たのね」あやっぴがブラジャーをつけながら話し出す。「それに五郎丸って珍しい名字じゃない、私が昔好きだったイラストレーターと同じ名字だからちょっと検索してみたの。そしたら何と、二人は夫婦だったんだよね！　その人今は日本画家なの。夫は画家、妻はアクセサリー作家って絵に描いたようなアーティスト夫婦だよ」

「ふうん」のんちゃんは興味なさそうに返事をする。

「どんなふうに知り合ったのかな、今度ベシ子さんに聞いてみよう」

「あやっぴさあ、最近イラストの持ち込みってやってんの」

「秋までしっかり稼いで、冬になったらやろうと思ってる」

冬になると寒さや雪でお客さんが減るので、キャディー業はかなり暇になる。生活が苦しくなるため、この時期だけパートを掛け持ちする人もなかにはいる。

のんちゃんは、あやっぴが結婚できないのはアーティスト好きが原因のひとつだし、そういう男に出会いたいならもっと真剣にイラストレーターを目指すべきだと思うが、それを指摘すれば必ず喧嘩《けんか》になるから今日はやめておく。

二人はのんちゃんの車で移動して、クラブから少し離れたカフェに入った。仕事の後なので、やせているのに常にダイエットしているあやっぴもケーキを二個頼んだ。それでもやせたいと言いつつダイエットする気のないのんちゃんはケーキをオーダーし、それでも二人とも、この後に夕飯もぺろりとたいらげるのだ。

のんちゃんはウエイトレスが席を離れた途端、話し始めた。

「マキタさんから聞き出した確かな情報なんだけど、ガリガリ君のうちって駅前にビル持ってて、そのほかにアパートも持ってるんだって」

「何それ。すごい金持ちじゃん！」

「でしょ」

「資産家だね」

「それって、金目当てでよく殺されちゃう人のことだよね」

「バカ！　あんた超バカ！」

「ベシ子さん、実は玉の輿《こし》なんだよ。でもね、それはおじいさんとその娘、つまり母親のものだから、ガリガリ君のものってわけじゃないらしい」

「ガリガリ君、次男だったよね」

「うん。でね、長男には子供が三人いて、小学六年が一番上で男二人、下の女の子はまだ二歳だって。ってことは、長男の嫁は、今は子育てが忙しいから介護は無理。当然、期待されるのは次男の嫁。それだけでもどうかと思うけど、相手はさらに腹黒いよね」

「どういうこと？」

「だってもう男の孫がいて、跡継ぎはいるんだから、次男坊に子供はいなくてもいい。むしろ子供を産んで子育てされるより、介護まっしぐらでいて欲しいから、卵子が老化してるアラフォーでもＯＫになったと」

「のんちゃん、あんたが腹黒いわ」

「いや、あたしの推理は正しいと思う。だって会ってすぐ結婚申し込んできたんだよ。マキタさんから、ベシ子さんが働き者だっていうのは聞いてるはずだし、お互いの相性とか関係なく、とにかく嫁に来てくれってことだよ」

「でもお金持ちなんだし、おじいちゃんは高級老人ホームに入ればいいじゃない」

「わがままな年寄りは、自分ちで死にたいとか言うんだよ。そのくせヘルパーとか他人を家に入れるのはいやだとか駄々こねて。うちのばあちゃん、そうだったもん」

のんちゃんは、２Ｋの市営アパートに祖母と母と妹の四人暮らしだったが、そのおばあちゃんは二年前に自宅で亡《な》くなっている。

「四十代独身でアパート管理人って、リストラされて転職したのかなって思ったんだけど、要するに、自分ちのアパートを管理してるってことだよね。名目上そういうことにしてるだけで、無職と変わんないんじゃない？」

あやっぴはケーキをフォークで小さく切り刻みながら食べ始める。

「可能性は高いね」

「ベシ子さんにはなんで働かない男が寄ってくるんだろう。そういうタイプの男ってどっか歪《ゆが》んでるじゃん。絶対苦労するよ。私、そんな男と結婚して欲しくないなあ」

「でも、この後また誰かにプロポーズされる可能性は、正直低いと思うよ」

「そうかな。今回プロポーズされたのだって奇跡だし、人生何が起こるかわかんないよ」

　のんちゃんは、あやっぴのほうが腹黒いのではないかと思う。

「ベシ子さん、長年働いて腰とか膝《ひざ》が悪いから、いつ働けなくなるかわからないって心配してたよね。それにひとりっ子だから、両親が死んだら身内がいなくなっちゃうわけで、その不安を考えたら」

「でも、仕事好きだし、野菜つくったりお花やったり趣味も多いよ。仕事やめて、窮屈な生活したってつまんないって思うんじゃないかな」あやっぴは、私だったら専業主婦になんか絶対ならない、と心のなかで断言する。

「あたしさ、ベシ子さんがどれくらい本気で結婚したいのか、いまいちわかんないんだ」

「え、なんで？」

「冷めてるわけじゃないけど、どっかひとごとみたいなときあるでしょ」

「それより、何でベシ子さんはガリガリ君がお金持ちって私たちに言わなかったんだろう」あやっぴのフォークを動かす手が止まる。

「ガリガリ君に一目惚《ぼ》れしたから、愛があればそんなことはどうでもよかったとか？」のんちゃんはフォークを口にくわえたまま話す。

「そんな風にはぜんっぜん見えなかった」

「情報を小出しにして結婚話を盛りあげたかったとか？　あたしたちが『ガリガリ君との結婚反対！』って言ったら『実はね……』って最後に勝利の笑みを浮かべるつもりだったとか？」

「まさかあ。のんちゃん、深読みしすぎでしょ。お金が有る無しを抜きにして、私たちがガリガリ君をどう思うのか聞きたかったのかも」

「そんなまわりくどいことするかな。全部の条件さらけ出して、どう思うか聞いたほうが確実だよ」

「わかった！　あのときのベシ子さん、結構うれしそうだったでしょ。もちろんプロポーズされてうれしかったんだろうけど、たぶん心のなかでは結婚することに決めていてそれが一番うれしくて、でもお金持ちとの結婚をうれしがっているって思われるのがいやだから、とりあえず隠したんじゃない？」

「だからー、そんなまわりくどいこと考えるのはあやっぴだけだって」

「みんなのんちゃんみたいに、お金持ちと結婚したいわけじゃないよ。お金目当てで結婚したって思われるの、いやな人もいるって」

「うわー、きれいごと」

あやっぴは反論しなかった。海外で絵の勉強をしたり染色作家を目指している友達がいて、彼女たちとの間ではセンスや価値観の合う男性と恋愛結婚するのが最上で、もしお金持ちのサラリーマンと見合い結婚したら表面上はうらやましがられるけれど、内心ではダサい結婚をした平凡な人間だと思われるに決まってるということは、話したくもない。一人暮らしをしてやっとお金のありがたみがわかった自分が、子供の頃から母子家庭で苦労したのんちゃんに人生はお金じゃないと言っても全然説得力はないから、あやっぴは話を変えた。

「ベシ子さん、結婚すると思うな。うん、すごく結婚したいんだよ。だってあのサカガミさんに土下座したんだよ。そんなに結婚したかったんだって、かなり衝撃的だった」

「あれはさあ、サカバアの『結婚どうすんの攻撃』をやめさせるためでしょ。あそこまでされたら、おばさんたちだって、どうして結婚しないの、とはもう言わんでしょ。あたしは、あれはポーズだったと思ってるんだけど。ベシ子さんは土下座するほど結婚したいわけじゃなくて、わざと情けない役目を引き受けたんだよ。そのおかげで、他の独身キャディーもうるさいこと言われなくなったよね」

あやっぴは驚いた。そんなこと考えてもみなかった。ベシ子さんのことは好きだけど、「結婚したいです」って土下座したと聞いて、ちょっと嫌いになったくらいだった。ベシ子さんは情けない役目を引き受けられる人だし、それなら嫌いになるのは筋違いなのだけど、ポーズだとしたらそれはそれでちょっと不快だった。

「あやっぴは、土下座婚活で結婚するってのがいやなんでしょう」

のんちゃんは、あやっぴのきつくなった顔を窺《うかが》う。

「それもそうなんだけど……」

あやっぴはじっと考えている。

「今の私は、結婚とか婚活そのものがムカつくんだと思う」

身がよじれるほど結婚したい自分を、自分自身が一番恥ずかしく思っていて、ベシ子さんの土下座が本気にしろポーズにしろ、それを自覚させられる悔しさのようなものを感じるからかもしれなかった。

「ベシ子さんが結婚するかどうかわかんないけどさ、もしベシ子さんが結婚するって言ったら、めいっぱい喜ぼうよ」

あやっぴは、のんちゃんこそそんなきれいごとでまとめて、とまた少し腹が立つ。

「どうせ周りから好き勝手なこと言われるんだからさ、あたしたちだけは、おめでとうって祝福しないと」

のんちゃんは「歩かないキャディー」として悪名高いのだけど、お客さんが忘れている以前のスコアを全部覚えている驚異の記憶力と、プロも認めた抜群のアドバイス力でファンも多いから、キャディー仲間に対して強気で敵も多く、結婚が決まったとき、職場のネット掲示板が悪口で埋め尽くされた。幸せになったからこそ容赦なかった。

「そう言いながら、のんちゃんはきっとなんだかんだ文句つけるよ」

「そのときはあやっぴ止めてよ」

「でも、ただおめでとうって言うのも白々しい感じしない？」

「そういうの得意でしょ」

「あのね、私のは気配りなの。のんちゃんが正直すぎるから中和してんのよ」

のんちゃんからすれば、あやっぴの気配りはわかりやす過ぎて笑ってしまうことが多い。でも、気配りしているつもりでし切れていないところが面白いし、実はとても素直なところが年上だけどかわいいと思う。あやっぴは最後の一切れのケーキを口にしながら続けた。

「私、ベシ子さんが結婚するのはうれしい。でもね、ガリガリ君はちっとも良くない。でも私が結婚するんじゃないんだし、私たちが祝福して結婚がうまくいかなかったら申し訳ないし。でも今の私にとって、ちゃんと相手を見つけて結婚できるってそれだけですごいわけで……」

「わかったわかった。ただおめでとうって言うんじゃなくて、そこにはふかーい意味が込められてることを伝えたいわけね。ベシ子さん、そういうの、言わなくてもわかってくれると思うよ」

あやっぴの iPhone から着信音が流れる。あやっぴはすばやくメールをチェックする。

「ミキオくん。ほら、フェイスブックで久しぶりに連絡取れた」

「高校の同級生だっけ」

のんちゃんは時計を見る。今日は夫の帰宅が早いからもう帰らなければいけない時間だ。結婚してから、以前ほど他人の恋愛や結婚に関心が持てなくなった。むしろ、他人の結婚生活こそ気になる。

結婚してから何度か思い浮かべるイメージがある。結婚する前は一頭の牛や豚で、結婚というセリにかけられた後は、解体されていくつかの部位の肉になっている。自分を牛や豚だとは思っていないし、自分で自分のことを平気でデブと言う人間は死ねばいいと思うけど。おんぼろのアパートで暮らす実家と高級マンションの婚家、汗と土にまみれて働くキャディーの仕事と夫婦で招待される夫の友人の気取ったホームパーティ……それぞれに応じている、わたし。結婚して不幸になったということでは全くないし、身分不相応の金持ちと結婚すると大変だよと言うつもりもない。

「今度みんなで会おうって話になってるんだけどね」

あやっぴともう三十分だけ話そう。目の前で夫にメールするのも気がひけて、のんちゃんは「ごめん、トイレ」と席を立った。

＊

九月になったのに夕暮れにはまだ暑さが残っている。私は中高年男性の溜まり場のような縄のれんに、あやっぴとのんちゃんを誘った。この店は飲み屋街のはずれにあり、道をはさんだ向かい側には、水の出ない噴水とベンチがあるだけの小さな公園しかない。ときおり、犬を連れた近所の人が通るくらいだ。

その細い道にビールケースを積んで作ったテーブルがはみだすように置かれ、その上に枝豆、焼き鳥、ハムカツ、大盛りのサラダが並ぶ。私とあやっぴは真ん中に穴のあいた赤いビニルスツールに座り、のんちゃんは店の壁側に置かれた木のベンチを独り占めして、提灯《ちょうちん》の灯りの下、三人でテーブルを囲んだ。あやっぴは最初「道端で飲んでるみたい」と落ち着かない様子だったけれど、のんちゃんが「何か、とうちゃんと行ったお祭り思い出す」と顔をほころばせ、縁日の思い出話をするうちに二人は子どもみたいにはしゃいだ声になる。狭い店内には、持て余した時間をやり過ごしにきた老人や定年後らしきひとり客がいるので、姦《かしま》しい女三人で店のカウンターを埋めたくなかった。

メニューはありきたりで、まずくはないがおいしくもなく、六十代くらいの大将は無愛想で、店構えも古臭く、客同士が仲良くなることもない。ただ、女が一人で入っても放っておいてもらえるのが気に入っているのだから、お酒が飲めないのんちゃんやおいしいものが好きなあやっぴには理解できない店だろうけれど、今日はここで飲みたかった。

マキタさんと昨日電話で話したので予想はしていたけど、二人はまず、ガリガリ君がお金持ちだということをなぜ教えてくれなかったのかとたずねてきた。

「別に隠してたわけじゃなくて、実情はそうじゃないのよ。ビルもアパートももう人手に渡っていて、マキタさんはそのことを知らなかったの。私は会ってすぐにガリガリ君から事情を聞いたんだけど、たいしたことじゃないと思ったから、二人には話さなかっただけ。マキタさんには、昨日私から説明しておいた。事情を知らないまま紹介して申し訳なかったって恐縮してたけど、私は全然気にしてないのよ」

「何それー」のんちゃんが、がっかりした声をだした。

「どうしてそんなことになっちゃったんですか」あやっぴはサラダにかかっているマヨネーズをよけながら食べている。

「ここだけの話、長男さんが事業に失敗したらしいの。住むところもなくなった長男の一家五人が実家に戻ることになって、ガリガリ君は管理人をしているアパートに来月引越すことにしたんだって」

「えーアパート住まい！」のんちゃんがあきれたように声を上げる。

「自分からそうしたいって言ったそうよ。そのほうが気楽だって」

「長男の借金を親が被《かぶ》ったってことですか」あやっぴはまだマヨネーズをよけている。

「マキタさんがちらっと言ってたけど、長男は近所でも評判のやり手で、次男はいつもその陰に隠れておとなしい子だったって。だから長男に甘いのかも。ハムカツ、懐《なつ》かしーなー」

のんちゃんは、ソースをたっぷりかけて食べ始めた。

「でもね、ガリガリ君は長男さんのこと責めてないし、家を出るいいきっかけになったってサバサバしてた」

私はさっきから枝豆ばかり食べている。

「ベシ子さん」のんちゃんが改まる。

「なあに？」

「いろんな事情があるんだろうし、聞いてる限りはガリガリ君って悪い人じゃなさそうだけど、急にひとり暮らしになって、母親代わりっていうか家事をしてくれる人がとにかく欲しい感じ、するんですけど」

「そうねえ」

確かにガリガリ君はひとり暮らしの経験がないし、料理が得意ではないそうだ。けれど、彼が仕事について話すのを聞いていると、アパートの共用部分の掃除、騒音トラブルなどの苦情処理、自治会への出席、居住する老人の話し相手などあらゆる雑務を引き受けていて、お金持ちの家のパラサイト独身者というイメージはまったく抱かなかった、ということを話してものんちゃんへの答えにはならないのだろう。

「でも親と別居だし、介護だって長男夫婦がメインになるんだろうし……」

あやっぴが少しでも良いところを探してくれる。

「この結婚、ベシ子さんにメリットないと思います」

「メリットってのんちゃん、それ打算丸出しでしょ」あやっぴが驚く。

「でもそうだもん、ガリガリ君は楽になるけどベシ子さんは背負うものが増えるだけで、得することって何かある？　柔道教えてもらえること？」

「いやだから、例えば結婚したっていう安心感とか……」

あやっぴが言いにくそうに話す、その気持ちはよくわかる。「結婚したという安心感」は、長い間結婚できなかった者からすれば喉《のど》から手が出るほど欲しいものだけど、たかが結婚と思っている人には愚かしいものだろう。

それにしても、のんちゃんのように結婚をメリット・デメリットで判断することに何の後ろめたさも感じていない若いキャディーは増えていて、「好きな人と一生一緒に過ごしたいなんて幼稚な夢物語ですよー」と一笑に付されたときは、二十代の頃トレンディドラマを見すぎたのがいけなかったのかと反省しつつ、そういえば最近恋愛ドラマって流行《はや》ってないなあと思ったりした。

気がつくと、のんちゃんとあやっぴはこそこそと何か言い合っている。

「どしたの？」

「結局ベシ子さん、ガリガリ君のことどう思ってるんですか？」

「ほんとうに結婚するんですか？」

ああ、そういうことか。今日はデート報告会のつもりだったし、三年ぶりのデートというものがどうだったかを話したくてたまらなかったのだけど、のんちゃんとあやっぴはさえない中年のデートに興味はなく、私が結婚するかどうかがとにかく大事なのだ。それはそうだろう、私だって六十代のデート話などぜんぜん興味がない。自分が主役になってかなり舞いあがっていたんだな、デートの話をしたら二人はちゃんと聞いてくれるだろうけど、まあいいや——。

「結婚することに決めました」

一瞬、間があった。

「わあ、おめでとうございます！」

あやっぴが小さく手を叩き、遅れてのんちゃんも「おめでとうございます」とあまり上手じゃない笑顔を見せた。

「ガリガリ君のどこが良かったんですか」

あやっぴはそつなくたずねる。

「一緒に暮らしてもいいかなって思ったのよね。男の人に対して、生理的にあう、あわないってあるけど、ガリガリ君は並んで歩いていても違和感がなかったっていうか」

「それだけですか?」のんちゃんは納得できない顔をしている。

「それだけで充分じゃない、ねっ」あやっぴがのんちゃんの腕を軽くつかむ。「ベシ子さんはメリットがあるから結婚するんじゃないの、のんちゃんと違うんだから」

「……ベシ子さんが気に入ったんだから、いい人なんだとは思うよ」

　のんちゃんは言いたいことを飲み込むように、目の前にある焼き鳥を串ごと持って根元から端まで全部口に入れる。食べた後も何も言わないから私とあやっぴは何となく気がそがれて、それぞれビールを口にする。

　私は、今まで友達が結婚を報告してきたときに、どういう態度を取ったかを思い出してみた。若い頃は単純に喜んでいて、それは結婚がめでたいことだという古くて安直な考え方が染《し》みついていたからだろうし、年を取り意識的に喜びを見せていたのは、自分が結婚できない焦りや嫉妬を相手に感じさせてはいけないという気遣いというか見栄だった気がする。

「結婚ってどうしてもしたかったことですか」

のんちゃんが尋ねる。私がガリガリ君という人物そのものより、結婚するという行為自体を優先したのではないかと思っているのだろう。私が「そうなの、とにかく結婚したかったの」と言えばのんちゃんは納得するだろうし、そこに嘘はないのだけれど、一〇〇％そうでもない。

すごく結婚したいと言えば、人はすぐに婚活しろ、努力しろと口を揃えるが、私は結婚するために生きているわけではないし、常に、結婚という難関を突破する試験にさらされている日常なんかまっぴらだ。それでいて結婚したいと言わなければ、結婚をあきらめているのだと決めつけられた。中年の独身者が結婚についてテキトーという名の適度な距離を保っていることが、どうして許せないのか。

今の時代、自立していても将来の不安や心配は常にあるのに、そんな状況を一切気にとめず「結婚して親を安心させろ」「孫の顔を見せないのはかわいそう」と嘆いてみせる年寄りや年寄りじみた人たちは、ひとり者をさらに不幸と不安に陥《おとしい》れる会の回し者なのだろうか。四十代で手遅れかもしれないけれど、普通に生活しながらいい人がいたら結婚したいという人間を、いい年して現実が見えていない甘ちゃんと蔑《さげす》むのはかまわないが、それが誰の迷惑になっているというのだろう。

「のんちゃんはしたかったんだよね？」私は質問に質問で返して、とりあえず逃れる。

「あたしは結婚したいっていうより、毎日を、生活を、変えたかったんですよ。あたしの家って、いつもお金がないって話ばっかりで、何の話しても最後は、お金、お金、お金……。そういう生活から逃げられるのが結婚だったんです。相手もそれを知って結婚してくれたんだからありがたいですよね」

のんちゃんの夫は、水処理設備の開発と販売をする会社の社長で、一年の半分以上は開発途上国に出張している多忙な人だ。ゴルフ場でプレイ中に足がつり、彼がもんどり打って倒れたところ、のんちゃんは冷静に彼の靴と靴下を脱がせ、素手で足の指をストレッチして治した。それに感激した彼が花束を持ってお礼に来たのがきっかけで、あっという間のゴールインだった。

のんちゃんは、結婚したのはお金のためと公言しているし、お里が知れると面と向かって罵《ののし》られたときも平然としていたけど、あんなに太っていても結婚できるんだ、ダンナはデブ専らしい、という書き込みを知ったときの怒りようはただごとではなかった。

「ベシ子さんには結婚したい気持ちがあって、そこにちょうどガリガリ君があらわれたってことでしょう。結婚ってやっぱり運とタイミングですよね」

「まあそれだけじゃないと思うけど」のんちゃんはそっけなく口をはさむ。

「そんなことない！」

あやっぴはムキになって話し始めた。

「私が大学生のときは就職するだけでもすっごく大変で、やっと入れた会社もやめさせられて次がなかなか決まらなくて派遣で食いつないで、正社員になったら今度は仕事覚えるのに必死で、気がついたら三十過ぎてたんだよ。もし最初の会社で働き続けていたら二十代で結婚できるタイミングがあったかもしれない。会社やめたのは病気のせいだけど、上司運もなかった」

あやっぴは、最初に勤めていたデザイン会社で同僚だった男性と大恋愛をしたが、結局、二人の仲はうまくいかなかった。それからずいぶん経《た》った今でも、その男性の話をする。

「仕事もまともにできないうちは結婚なんかできないって、仕事をがんばった結果が売れ残りなんて……じゃあ二十代で仕事もろくにしないで婚活ばかりしてる女がエライのかって。なんかもういやになる。私も結婚して早くこの状況から抜け出したい」

あやっぴは下を向き、黄色いおしぼりを何度も畳み直しながら話し続ける。

あたりはすっかり暗くなっている。さえぎる壁もない私たちの話し声は、重く沈むことはなく、空中にあてどもなく広がって消える。だから私は外で飲むのが好きなのかもしれない。

「そういえばあたしたち、ガリガリ君の顔見てないよ」のんちゃんがあやっぴの肩をやさしく抱くように引き寄せる。「ベシ子さん、写真撮ってきてくれました？」

　私はガリガリ君の写真を見せた。

「うわー、ほんとにガリガリ君だ、みごとな坊主頭」のんちゃんが笑う。

「緊張してますね、顔がこわばってる」

　二人はガリガリ君の顔のつくりについては何も言わない。

「こういうのもあるよ」

　ガリガリ君と二人で写っている写真を見せる。この店で一緒に飲んだとき、私が撮ったものだ。

「あっ、いい写真！」

　のんちゃんの言葉にうれしくなる。このとき、二人とも生ビールの中ジョッキを三杯は飲んでいてほろ酔い気分だったとはいえ、自然に体を寄せ合いとても仲睦《なかむつ》まじげに写っていたのだった。写真を見て、私は自分が思っている以上にガリガリ君といるのが楽しいのだと気づいたし、彼もまた同じように思っているのが伝わってくる表情だった。

「……ベシ子さん、ずるいですよ」

あやっぴの声が少し震えている。

「ラブラブなら、ラブラブだって最初から言ってくださいよ！」

あやっぴはこらえきれずに声を放つと、顔を伏せて店のなかへ行ってしまった。

私は思わずのんちゃんの顔を見る。

「気にしないでいいですよ、ここんとこナーバスになってるだけですから。この前、ベシ子さんの結婚決まったらうれしいって言ってたし」

のんちゃんは平然としている。

「何かまずいことしたかな？」

「してません」

「のろけすぎ？」

「のろけてないですよ、写真見せただけだし。あやっぴが反応しすぎ」

「最近何かあったとか？」

「聞いてないですけど、たぶん、自分にはこういうラブラブなことが最近さっぱりないから、悲しくなっちゃったんじゃないですか」

「でもあやっぴはカワイイんだし男の人とつきあったことたくさんあるんだから、これからいくらだって」

「だからこそ、あたしやベシ子さんが先に結婚したのがショックなんですよ。しかも、恋愛感情なしの割り切ったお見合い結婚だと思ってたのに、そうじゃなくて、出会いのきっかけは見合いでもこんなに仲良いんだ、びっくり！……って、あたしも思ったことなんですけどね」

のんちゃんは声がだんだん小さくなり、最後は目をそらしてしまった。そしてそのまま二人で黙り込んだ。

私は自分のいやらしさに気づいている。

ガリガリ君はなぜか一目見たときから私のことを気に入っていて、それがずっと私の自信になっていたのだ。私にとっては、結婚相手が金持ちとか才能があるとかハンサムとかいうことよりも、私のことが好きで、心から私との結婚を求めているかどうかがはるかに重要だったのだ。

二人の後輩だけでなく私の周囲の誰もが、私が男性から好かれ、求められて結婚するなどありえないと思っている。その理由は私の容貌《ようぼう》であり、それを充分すぎるほど承知していても、それが真実だからこそ、他人から言葉に出して言われる恐ろしさにおびえているというのは、自分の外見について死にたくなるほど悩んだことのない安全地帯にいる人には、一生理解できないことかもしれない。本人が冗談まじりに外見を卑下するのは、他人に対して、これ以上罵倒《ばとう》されてなるものかという切実な防衛だったりもするのだ。そんな人間に、結婚は外見じゃない、まわりを見ればわかるだろうという正論は、ただの念仏だ。

しかし、だからといって、私は他人が思うほど男性に好かれて結婚することをあきらめきっていたわけではない。そして、そのほんのわずかな希望が叶《かな》えられたことを、あなたたちの思い込みは間違っていたということを、さりげなく、でもどうしても誰かに伝えて驚かせたかったのだ。

おそらく、のんちゃんは私のこういう気持ちに気がついている。でも気づかないふりをする。決して口にしない。それこそがコンプレックスのあらわれだ。結婚したり男性から愛されても陰口を叩かれるのは変わらないけれど、結婚することで、男性から一度でも選ばれたという事実で、少しは生きやすくなるかもしれない。

結婚について語ることはすべて、自分の結婚であれ他人の結婚であれ、「わたし」を語ることだ。語らないことのなかにさえ「わたし」が語られている。それによってより深く「わたし」を知り、相手を知る。だから私たちは、結婚について飽きもせずにおしゃべりするのだろう。

あやっぴがすっきりした顔で帰ってきた。

「ベシ子さん、結婚祝いでじゃんじゃん飲みましょう」

「そうそう、もっとおつまみ頼もうよ」

のんちゃんが安堵《あんど》した顔つきでメニューを手にして、あやっぴが横から覗《のぞ》き込む。

「私、この焼酎のロックにする。のんちゃんはウーロン茶でいい？　ベシ子さんどうします？」

「はーい。それからじゃがバターと焼きそば、あたりめと漬物」

「あ、虫の声」

公園の植え込みからリーリーと涼やかな声が聞こえてきた。

「ここの料理って特別でも何でもないけどほっとする。でもお尻超痛い」

のんちゃんが木のベンチの上で座りなおしている。仕事帰りのあやっぴはバッグからバスタオルを出してのんちゃんにお尻に敷くように言いながら、頭をそらして店全体を眺める。

「外観がしみじみしすぎて、女子は近づかないっていうか近づけない店ですよ。店のなかもおじさん臭がするっていうか。あっでも、トイレはきれいだった」

あやっぴは立ち上がり、注文を言いにまた店へ入っていった。

私は、ガリガリ君とこの店が何となく似ている気がしている。だから、二人がこの店をほんの少しでも気に入ってくれたら嬉《うれ》しい。

店のなかからはあやっぴの明るい声が聞こえてきて、すぐにあやっぴがビール瓶とコップ二つ、透明な液体の入ったコップ一つをお盆に載せて戻ってきた。

「そんなの注文したっけ？」のんちゃんが聞いたので、

「あやっぴ、いつのまにお店の人？」と私がからかう。

「先輩の結婚祝いの乾杯だから飲み物だけでも早くお願いできますかって頼んだら、これが一番早いから持ってけって。おじさんのおごりだって。むすっとした顔して照れてるのがおかしくて、でもちゃんと御礼言いましたよ」

「やったねー。でもあたしビールは」

「それも言ったの。そしたら水飲んどけって」

「水かよっ！」のんちゃんが笑う。

私は、大将がそんな気のきいたことをすることも、あやっぴが大将に好感を持つことも意外で、ますます楽しくなってくる。

「結婚、おめでとうございまーす！」

「ありがとうー」

私たちは勢いよくグラスを鳴らす。

私は、この席でガリガリ君と飲んだときに、仕事が終わった後に飲む夕暮れのビールが私の人生の幸せだと言うと、ガリガリ君が僕もそうですと驚いたように笑い、それで私たちの結婚はきっとうまくいくだろうとバカみたいにうれしくなったことを、二人に話そうかどうしようかゆっくりと考えている。

花車

タクシーのなかで泣きそうになった。

運転手に何か言われたわけではない。三十代くらいの、目鼻立ちのはっきりしない印象の薄い男が発した言葉は三つだけだった。

私が花束を抱え、近所のアジア雑貨店で買った極彩色のレーヨンパンツの裾《すそ》がひらひらしているのを踏みつけないように足をゆっくりと持ち上げながら乗り込んだ後の「よろしいですか」と、行き先を了解したときの「はい」と、お金を受け取った後の「ありがとうございました」だけだった。

上級クラスのメンバーが「武子《たけこ》先生 Happy Birthday!」のカードを添えて贈ってくれた花束は、クラスの人数が増えたこともあって今年は大振りだった。夕方のラッシュ時の電車に乗るのははばかられ、久しぶりにタクシーを使った。

ビーズアクセサリーの講師を始めて十三年になる。新米の頃は、講習が終わるとすぐに生徒さんとの会話を思い出しながら、丸やっとこの使い方を教えるときの注意点などを、電車のなかでノートに書きつけていた。今では教室を出ると、すべてを忘れる。たまにうまくいかなかったときは一人反省会をするが、今日は何の問題もなかった。

バラやアネモネ、トルコキキョウ、リューココリーネなど、紫色の濃淡でまとめられた花束の、内に水を含んでしっとりとした花びらがゆれる。

「僕はもうセックスしたくないんだ」

夫のその一言を思い出したのがいけなかった。

昨日は、新潟市のデパート催事に合わせて開催された講座を済ませ、夕方には新幹線に乗った。晩ご飯は家で食べるから、ビールを一缶買い、昼食の残りのおにぎりをつまむことにした。出張帰りの新幹線のなかで飲むビールのおいしさは、ＯＬだった頃に覚えた。車両がゆっくりと動き出すと、座席のあちこちから缶を開けるプシュップシュッという音がして、見知らぬ者同士で「お疲れさま」と言い合っているような連帯感を抱いたものだ。

白いごはんをつまみにビールを飲むのも、慣れると結構いける。

地方の講座に行き始めた頃は今よりずっと家計が苦しかったから、同い年の夫の宗《そう》太《た》郎《ろう》が昼食におにぎりを持たせてくれた。あのときから比べれば少しは楽になり、たまには駅弁でも食べたいと思うものの、明日は出張だと言えば当たり前のようにおにぎりを準備する宗太郎に「いらない」とは言えない。宗太郎は今、収入がない。

大振りで形の不ぞろいなおにぎりは愛らしく、気恥ずかしい。いかにも仕事帰りの女が、新幹線で一人ビールを飲むことには何の躊躇《ちゅうちょ》もないのに、アルミホイルに包まれた手作りの白いおにぎりにかぶりつくのにはちょっとした勇気が必要だ。何より生徒さんがこの姿を見たら、キラキラした少女の夢の延長のようなビーズアクセサリーのイメージが崩れるのだろうけど、それでもいいやと思うのは、四十六歳の余裕なのか、ほころびなのか。

平日の夕方で大雪警報も出ていたせいか、上りの上越新幹線は半分以下の乗車率だった。年配の観光客が少し、あとはビジネスマンと思われる人がほとんど。そのため、通路を挟んだ隣の席に座る中年カップルの存在は、電車に乗り込むときから目に入っていた。二人の間にはうっすらとした緊張感が漂い、夫婦ではないように見えた。メガネをかけた実直そうな男はグレーのスーツ、口紅が濃い小太りの女は流行遅れのワンピースで、コートを膝《ひざ》の上にかけている。三列席の窓際に座った私は、ビールを片手に本を読むふりをしながら、そのカップルをちらちらと観察した。

男は文庫本を読み、女はガラケーを見ている。女のほうは折りたたみのテーブルにペットボトルのお茶を置いているが、口をつけることはなく、時おり体をくねらせ男に顔を近づけて何か話している。ふと、その顔つきが尋常でないことに気づき、体調が悪くなったのかと心配したが、やがてそれは激しい不快感にかわった。

女のコートの下で、性的な行為が行なわれているらしいのだった。器具を使っているのか、男は本に眼を落とし平然としている。女は次第に頬を紅潮させ、眉目《びもく》をゆがませることもあれば、瞳《ひとみ》をとろりとさせ口を小さく半開きにしているときもある。とはいえ、あえぎ声を漏らしたり体を大きく動かすことはないから、その行為をしていると思われる証拠は、女の表情と、男の不自然に冷ややかな態度だけだ。

最初は、その男女の図々《ずうずう》しさや汚《けが》らわしさへの嫌悪感、無器量な女の善《よ》がる顔を見せつけられる腹立たしさばかりが募った。目をそむけようとして、不意に、止まった。女の顔に、こちらの侮蔑《ぶべつ》を打ち砕くような明るく満ち足りた表情が、一瞬あらわれた。私のなかに、重苦しいような、生ぬるいものが残った。

席を離れようかと思ったが、違う席に移動して、そこに誰か来たときのことを考えるとおっくうだし、その行為に気づいたことをあの男女に知られるのもなぜか癪《しゃく》だった。何より、彼らの性的行為というのが私の妄想に過ぎない可能性もないわけではなく、このままやり過ごすことにした。

二度とその男女に視線を向けず、東京駅に着くまでビーズアクセサリーの新しいデザインを考えることに集中した。それでも体のなかに残されたもやもやしたものは、家に帰っても消えることがなかった。宗太郎がつくった夕食を囲み、高校二年になる娘の珠子《たまこ》も交えていつものようにたわいもないおしゃべりをしても、しつこくまとわりついていた。それで、夫が寝ている隣のベッドに行き、夫の体を求めたのだった。たぶん二年ぶりくらいに。

宗太郎は困ったような顔をしたが、私がペニスに触るのを黙って受け入れた。思い出したらまた泣けてくるのだが、彼は私の感じるところをやさしく触ったり舐《な》めたりした。それは欲望からではなく、ひたすら相手への思いやりからだというのは気がつかないふりをした。

ペニスはちっとも固くならず、いつまでもうなだれたままだった。私は、今日は疲れてるみたいね、ごめんね、と言って宗太郎の傍らに横たわり、その手を握った。彼も手を握り返し、二人でしばらくそのままの体勢でいた。

宗太郎はいよいよインポテンツになったのかもしれないけれど、自分から薬を求めたり病院に行くことはないだろうし、かといって一緒に病院やカウンセラーのところへ行こうと言ってもいやがるだろう。これからどうしたらいいのだろうと考えていると、それを見透かしたように宗太郎が口を開いた。

「武子には悪いんだけど、もう性欲が湧《わ》かないんだ」

「……どういうこと？　今日はたまたま調子が悪いってことじゃなくて？」

「これからもずっとそうだと思う」

「じゃあ……もし私がセックスをしたくなったらどうしたらいいの？」

　できるだけ軽い調子で尋ねた。今までも、私たちはセックスについて話し合って努力してきた。私は、夫があまりセックスを求めないことを責めないようにしていたし、彼は、妻が求めるのをすぐには拒まないようにしていた。

「僕は他に好きな人もいないしつきあっている人もいない。女でも男でも。武子が一番好きだよ。でもセックスは別なんだ。前にも言ったと思うけど、セックスは好きじゃない。若いときはそうでもなかったけど、最近は、すごく苦痛に感じるようになってしまった。それを隠すのも限界に来てる……だから『おつとめ』は引退したい」

　頭を殴られたようなショックだった。それほど、私とのセックスがいやだったのか。そんなに、我慢してセックスをしていたのか。今までの話し合いなど何の意味もなく、すべては私の自己満足に過ぎなかったのか。

宗太郎は若い頃から恋愛にもセックスにも積極的なタイプではなかった。でも、中年になったとはいえ健康なのだから性欲はあるはずだし、二十年顔をつきあわせている妻に対して、たまにはセックスしたくなることもあるはずだと決めてかかっていた。私と同じように二十代で結婚した友人たちも、夫とのセックスは「盆暮れ」（年二回）か「七夕」（年一回）で、それも年追うごとに減っていて、しょうがないねと嘆きつつ笑いながら受け入れているのを知っているから、私もそうやってだましだましやり過ごせるだろうと深刻に考えないようにしてきた。それなのに夫は今後のセックスを一切拒否し、今までのセックスを「おつとめ」だと言い放った。私の、女としての価値が暴落したも同然だった。つないでいた手はいつのまにか離れていた。

「これだけははっきりしておきたいんだけど、セックスが嫌いになったのは武子のせいじゃない。僕の性質でしかない。例えば、しいたけが好きな人と嫌いな人がいるように、ただの好みなんだ。トラウマとかそういうのもない。治したいなら病院に行くべきなんだろうけど、僕は治したいと思っていない。しいたけが嫌いな人にとって自分の人生にしいたけが必要ないように、僕にはセックスが必要ないんだ。でも、武子はそうじゃない。それはわかってる。武子には心から申し訳ないと思う」

顔を横に向けて隣を見ると、宗太郎の目つきは固かった。感情に流されて話しているのではなく、これまでずっと考えていたことを、順序立てて話しているようだった。

「だから、武子が他の男とセックスしても……いい。最悪、離婚したいならそれを受け入れなければいけないんだろう。でも、自分勝手なのは承知してるけど、僕はこれまで通り、武子と一緒にいたい。離婚したくない。だから、セックス以外のことならいくらでも努力する」

夫から離婚という言葉が出たのは初めてだ。思わず体を起こして宗太郎を見る。宗太郎も体を起こす。仕事がなくても落ちこんだ表情など見せたことのない男が、苦しげな、私を恐れるような目をしている。そこまでしてセックスしたくないという男が世の中にいて、しかもそれが自分の選んだ夫だということにうろたえて、私はただただ往生際が悪かった。

「ほんとに、ほんとうに、もうダメなの？」

「頼む……僕はもうセックスしたくないんだ」

搾《しぼ》り出したような一言だった。けれども、口に出して肩の荷が下りたようでもあった。目の前の少し放心したような顔の夫は、初めて会う、知らない男のように思えた。

「体に触れられるのもいやなの？」

「それは違う。手をつないだり抱き合うのは好きだよ。……そういうことで武子が満足してくれるとありがたいんだけど」

打ちのめされて、混乱して、これ以上話しあう気力がなかった。

「わかった。今までごめんなさい」

「あやまるのはこっちだよ。わがまま言ってごめん」

私は自分のベッドに戻り、寝室の灯りを消した。

宗太郎の体の形にふくらんだ布団はこそりとも動かなかった。ところが、三十分ほどすると、心地よさそうな寝息が聞こえてきた。

膨れ上がる憤《いきどお》りで頭がぎゅーっと締めつけられるようだった。

宗太郎の顔を見ているときは、彼の苦しさをわかっていなかった申し訳なさがあった。これからどうすればいいのだろうという不安もあった。でも、宗太郎が「おつとめ」しなくていい解放感に浸り切って眠り、私がこれからずっと夫とセックスをしないという、別の「おつとめ」に苦しむことなど何も考えていないなら、むごすぎる。

私は布団の上から宗太郎の体をつかんで強くゆさぶった。

「起きてよ！　ねえ！」

宗太郎は寝返りをして眠そうな顔をこちらに向けた。

「なに？」

「これってやっぱりひどいじゃない。私、一生我慢しなきゃいけないってことじゃない」

宗太郎はしばらく目を閉じていた。寝入りばなを起こされた不快を自分でなだめているようだった。

「だから。我慢しろとは言ってないよ。他の人としてもいいんだよ」

「私はね、好きな人としたいの。宗ちゃんとしたいの！　誰でもいいわけじゃない！」

宗太郎は上半身を起こして、ゆっくりと私を抱きしめた。

「ごめん」

私は、これ以上自分の感情をぶつけても何の解決にもならないことを悟った。

その後は一睡もできなかった。

＊

宗太郎と出会ったのは、二十五歳のときだった。彼はイラストレーターで、私はアパレルを扱う商社を担当する広告代理店の営業職だった。

山形の高校を出て都内の私立大学に入学すると、友人に誘われるがままに広告研究会に入った。学生イベントでお祭り騒ぎを楽しみ、広告代理店が憧《あこが》れの企業となっている雰囲気にあおられ、中堅の広告代理店に就職した。

その頃はバブル景気で、努力しなくても儲《もう》かった時代と言われるが、努力をすればしただけ売り上げが伸びた時代でもあったと思う。私はクライアントが求めることに全力で応《こた》え、接待の席も最後までつきあった。女性の営業職はまだ少なく、一七二センチの身長で担当していたインポートブランドの派手な服を着ているとそれだけで目立ち、商談がうまくいくことさえあった。ファッション関係者や編集者との話題についていくため、流行のモノを買い、話題のスポットに行き、長い休みになれば海外に出かけた。より遠くにあるもの、より高価なもの、より希少なもの、より洗練されているもの——背伸びしてようやく手に入るものを持つことが、この世界の住人のしるしなのだと、憑《つ》かれたように手に入れた。

雑誌広告の打ち合わせにやってきた宗太郎は、髪形や服装や時計などで武装することのない、学生のような青年だった。実績もない若手がどうして起用されたのかと宣伝担当者に尋ねたら、クライアントの上層部からの推薦ということだった。小柄でひどくやせて頼りなげだが、相手の目をまっすぐに見る人だった。

担当者は何度も描き直しを命じ、なかには理不尽な要求もあったが、宗太郎は笑顔さえ見せてそれに応えた。打ち上げで初めてゆっくり話したときも、生活に困っているのを心配した親戚がこの仕事を紹介してくれたと、屈託がなかった。私はいかに散財したかを誇るような人ばかりに囲まれていたから、時代に乗り遅れたかわいそうな男なのだと思った。

それなのに宗太郎にどんどんひかれた。お金がなくてもあっけらかんとしていて、時流も気にしなかった。私がハイヒールを履くと自分より二〇センチ近く背が高くなるのに「似合うんだからどんどん履きなよ」と勧めた。大学で日本画を専攻し、いずれは日本画だけを描いて食べていきたいという夢が芯《しん》にあり、それ以外のことにはこだわらなかった。

二十六歳で結婚して翌年に長女の華子《はなこ》が産まれると、宗太郎はイラストレーターとしての仕事に本腰を入れた。広告の仕事が順調に続き、渋谷から電車で七分、駅から歩いて二十分の中古マンションも購入した。三年後に次女の珠子の妊娠がわかった時点で、私は仕事をやめた。長女をほとんどベビーシッターに預けて育てた反省から、次女は自分の手で育てたかったというのは表向きの理由で、うわべの華やかさにひかれただけで広告の世界が少しも好きではなかったから、仕事に行き詰まり、育児に逃げたという方が真実だろう。

宗太郎は赤ん坊のオムツ替えもいやがらず、仕事が忙しいときでも家事をよく手伝ってくれた。美術関係の書籍や画材にお金をかけ過ぎるところはあったけれど、その当時は彼の収入だけで充分やっていけた。私はいずれ働かなくてはいけないと思いつつも、子育てだけの生活に満足していた。ところがあるとき、ママ友との会話のなかで、次の子供が欲しいけど夫が協力しないという話を聞き、最後にセックスしたのがいつだったか思い出せないことに気づいた。

私は子供を生んでから十五キロ太り、何事も子供優先になっていた。ダイエットを開始し、下着にも気を配り、お風呂に入れた次女を夫に託すときはなるべく裸を隠すようにした。夫を褒めていたわり、必要以上に体に触れないようにもしてみた。

宗太郎が、やせてきた私を見て病気じゃないかと心配するので、思わず「もっと女として見て欲しいの。最近セックス全然ないし」と訴えると、嫌そうな顔をした。

「女として見てないわけじゃない。太っても嫌いになったりしない。そういうことじゃないんだ。忙しいし、余裕がないんだ。そういうプレッシャーかけられると、余計にできなくなる」

「でも……少なすぎる」

「何で急にそんなこと言うわけ」

私は口ごもった。「セックスがしたいの」と口にすることが恥ずかしいのではない。他人と比較して、何となく不満で不安なのだ。夫に求められ、女としての自分に安心したい。

「言わないと、しなくてもいいんだって思われそうだから」

「そんなことないけど。考えておく」

「ねえ、セックスって考えてすること?」

「少なくとも僕は、衝動にまかせて押し倒したりはしない」

だからダメなのよ、と言いそうになるのをこらえていると、宗太郎はもう話は終わりとばかりに、ぷいと向こうに行ってしまった。

その後、セックスが増えることもなく、そのことについてなるべく考えないように努めた。自宅で好きな時間にできる趣味としてビーズアクセサリーを始めると、つくって欲しいと頼まれることが増え、他にやるべきことが増えるとセックスがないこともいつの間にかすっかり忘れてしまった。

しばらくして、ビーズアクセサリーがブームになった。家に籠《こも》って制作するほうが好きだが、宗太郎の仕事が減っていたこともあり、カルチャーセンターへ積極的に営業をかけて講師の仕事を取った。上品でファンシーな服装の講師が多かったから、わざと奇抜な服装で、笑って楽しんでもらえる講習を目指した。大都市だけでなく小さな市にも出かけ、おばあさんや子供にも簡単なビーズを教えた。出張で家を空けることも多くなり、毎日の子供のお弁当や夕飯は料理好きの夫が担当するようになった。

自著のビーズ本を出版したりテレビに出演したりして私の収入が増えると、それに反比例するように夫の収入は減った。夫は仕事が途絶えた一年後に日本画家に転向し、私は言いたいことを飲み込んで彼の夢を応援することにした。

三十代後半から四十代にかけて、セックスはかろうじて「七夕」だった。宗太郎は、たまに二人だけで食事に出かけて恋人気分を味わった夜や、喧嘩《けんか》をした気まずさから仲直りのために、妻の体へ手を伸ばすような夫ではなかった。私からどうしてもとお願いしたときだけ、儀式のように、毎回同じ手順を踏んで取り組んだ。夫の浮気を疑って行動に注意してみたこともあったが、そんな素振りは見られず、携帯電話を盗み見しようとして我に返り、彼を信じると決めた。

日本画の仕事の見通しは立たず、私たち夫婦の老後は不安だらけだが、あまり先のことを考えると暗くなるから現在の凪《なぎ》のような幸せをしっかり味わおう――そう思えるようになったときには五十代が迫っていた。そして夫からのセックス拒否。よほどの幸運がない限り、セックスをしないままおばあさんになるのは確実だ。

セックスだけが女の魅力をはかるものではないと百も承知だし、今までの人生を後悔しているわけでもない。けれども、体のどこかがぽっかり空いている。ほんのときおり、そこに木枯らしが通り抜け、骨がきしむような痛みを感じる。

＊

夫に初めてチョコレートをあげなかったバレンタインデーの次の日は、久しぶりに緊張する打ち合わせだった。かつての会社の同期で、営業部長になった香穂《かほ》が、私のつくったアクセサリーをつけていたところ、それを気にいった化粧品会社の女社長がパーティ用のアクセサリーをオーダーしてくれたのだ。予算が大きいのはうれしかったが、すべてお任せと言われて身構えた。

オーダーメイドに慣れている人ほど、ポイントだけ押さえて、あとはプロの裁量に任せてくれる。ある程度自由に創造できることで作り手もやりがいがあるし、想像以上のものができあがる可能性に賭《か》けることが、オーダーメイドの醍醐味《だいごみ》だと熟知しているのだ。逆に、細かいところまで指示しないと気がすまない人もいる。その場合は要望をしつこく確認して、工業製品のように正確につくることに徹する。

一番困るのがすべてお任せという場合で、鷹揚《おうよう》なところを見せたいとか、まずはお手並み拝見とか、どう頼めばいいかわからないとか、いろんな理由があるのだろうけど、大抵は、後から後からリクエストが出てきて何度もつくり直すことになる。だから、一旦《いったん》「お任せで承知しました」と相手を立て、雑談しながら、相手の好みや、どれくらい作り手の自由を受け入れられるかなどを注意深く探る。

二時間の打ち合わせですっかり疲れてしまった。同席していた香穂に誘われ、イタリアンレストランに入る。オードブル四皿、メイン一皿を注文し、二人ですぐにワインを一本空けた。猫四匹と暮らしている香穂の猫自慢を聞いているうちに二本目も半分以上空き、お互い少し酔いがまわったところで、香穂が切り出した。

「この前、電車で元オットとばったり会って、一杯飲んだの。断わってもよかったんだけど、その後どうしてるのか気になってたし」

私より一つ上の香穂は、三十八歳で結婚し四十一歳で離婚して、それからはずっと一人で暮らしている。

「彼、一回り下の奥さんとうまくいってるの？」

「双子が生まれたんだって。男の子。大変なんだって」

「ふーん、元気そうだった？」

「くたびれたおじさんになっちゃってたんだけどさ」香穂は黒オリーブを口に放りこんだ。「飲んだ後、ホテルに誘われた」

うれしそうではない。離婚は夫の浮気が原因とはいえ、離婚後の香穂の様子を見ていると、まだ夫に未練があるようだったが。

「で、どうしたの？」

「そんなつまんないことしないわよ、って言って、帰った。浮気が悪いとか、奥さんや赤ちゃんに悪いとか、そういうんじゃなくて。何だかね、足元見られたようで、気分悪かった。こいつとならできるんじゃないか、って見くびられたみたいな。そりゃあこっちは淋《さび》しい一人身だけど」

「……えらいね。私なら、ついていっちゃうかも」

香穂がびっくりしている。私は酔った勢いでまくし立てた。

「ずっとセックスしないまま年とるってやりきれないもん。二ヶ月くらい前、夫がセックス引退宣言したの。他の人とセックスしていいし、私が望むなら離婚してもいいって。でもそんなこと言われても困るじゃない。セックス以外は全然問題ないの。だから、セックスのことは忘れて、今まで通り仲良くしてるの。それでもときどき、これでいいの？　って思う。お先真っ暗とまではいかないけど、どんよりと暗くなる」

口に出したら急に楽になった。

「武子もそうなんだ」香穂はちいさく息を吐いた。「ねえ、何年セックスしてない？」

「二年、もしかしたらもっと」

「あたしは離婚してから丸四年してなかったんだけど」と、二つのグラスにワインを注ぎながら話を続けた。

「ほら、女って、いくらいい仕事しても出世しても、ブスだとか結婚してないとか子供がいないとか、そんなことで見下されたりするじゃない。ほんとくだらないよね。若い部下に、猫と仕事しか楽しみがないおばさんって陰口叩かれてるらしいけど、言いたい奴《やつ》には言わせとけって。それなのにさあ、ここ何年もセックスしてないって自覚した途端、女としての自信がぐらついた。男の人でね、仕事は出来てもあそこが勃《た》たない、って人いるじゃない。そういう人の気持ちってこんな感じなのかもしれない」

私は、ペニスが勃たなくても、男として何も気に病んでいない宗太郎を思い出していた。

「あたし、セックスだけはふっきれてなかったんだね。自分で勝手にすごくあせって、今ならまだ間に合うかもしれない、結婚はムリとしても、ここで何とかしなきゃ一生引け目に感じてしまうかもって。それで、セックスすることにした」

「することにしたって、どうやって」

「変わったこと始めた人がいてさ。ネットで相手を探すってトラブルの不安があるし、男を買うのは気がすすまなかったりするでしょ。でね、セックスだけしたい大人を集めて、結婚相談所みたいに、条件に合った者同士を引き合わせてくれる会があるわけ。入会金もあるし、交渉が成立したらお金を支払うのも結婚相談所と同じ。違うのは、相手を何回でもとっかえひっかえしていいこと。紹介制で、会員になっている人が身元保証人にならないと入れないから、怪しげな人はいないし、その点が一番安心なんだよね」

「結婚してる人も入れるの？」

私は反射的に聞いていた。

「そっちがほとんど。だから秘密結社的」

「中高年ばかりなんじゃない？」

「まあね、ギョーカイ人多いし。若い人ほど入会金安いんじゃないかな」

若いっていくつくらい？　入会金いくら？　質問したいことは山ほどあるが、まずたずねた。

「セックスしてみて、どうだった？」

「気持ちが落ち着いた」

香穂は、座禅や写経の体験をした後みたいな発言をした。

「セックスそのものはどうだったの？」

「やっぱり、そうきたか」

二人で苦笑した。

「一回目は何もかもが新鮮。それだけで満足しちゃったかな。セックスしてないときは性欲もそんなになかったのに、セックスすると性欲も湧いてくるのよ。それで」

「ストップ。だから、どうだったの？　相手の人は？」

香穂はなぜか困ったような表情になった。

「……まあ、普通よ。四十代の若づくりの自由業。とにかくそれからは、セックスして満足することもあれば、むなしくなることも正直ある。ただ、あたしがセックスしようと決めたのは、気持ちよくなるのが目的じゃなくて、『年を取ってもセックスしている私』を手に入れたかったわけだし」

「ねえ、具体的なこと、あまり聞かないほうがいい？」

思い切ってたずねると、香穂は観念したようにうなずいた。

「言いたくないわけじゃなくて、忘れたっていうか、うまく思い出せないの。覚えてる必要のないことだから。でもねえ、実際手に入れてしまえば、結婚と同じで、あんなに焦《こ》がれていたものがそれほど素晴らしいものでもないとわかるのに、一度気持ちいい思いをすると、またあれを体験したいって思うのがセックスの怖いところ……」

もっとはしゃいで報告してくれたら、それに乗っかって「私も入る！」と言えるのに、香穂は、セックスできたところでバラ色の人生が待っているわけではないという当たり前のことを言い、私はどうしたらいいかわからなくなる。

「相手を好きになっちゃう人もいるよね」

「たぶん。今はまだ大きなトラブルはないらしいけど、これがもとで離婚する人がいて、マスコミが嗅《か》ぎつけたら一発で終わりだろうな」

「どんな人がやってるの」

「××を定年退職した女性。その人は自分のことを、セックススタイリストって言ってんの。ファッションスタイリストがその人に似合う洋服を選んであげるように、その人にあったセックス相手を選んであげてるんだって」

「横文字使われてもなー」

「要するに、遣《や》り手婆《ばば》だね。そういう女を、江戸時代はカシャって言ったんだけど」

「カシャ？」

大学で浄瑠璃《じょうるり》を研究していた香穂が、水の入ったグラスを覆《おお》う水滴に指をつけ、テーブルに「花車」と書く。

その透明な文字が私のなかで揺らめく。心に光が射《さ》し込んでくる。

小さな、色とりどりの花が積まれた車が遠くに見える。一斉に咲き乱れた四季の花々が、あふれんばかりに積み重ねられている山車《だし》だ。その細い舵棒《かじぼう》を引いているおばあさんが、誰もいない一本道を、ゆっくりとこちらに向かって歩いている。そこだけが淡い光に満ちている。その花は私のために運ばれようとしている。その花を両手に抱えれば、今の苦しさから解き放たれるかもしれないし、そうではないかもしれない……。

香穂が私の顔をのぞきこんでいる。

「あたしはリサーチの目的もないわけじゃないから。まあ、セックスレスの中年相手にこういうサービスまで生まれたんだな、ってことで」

香穂は人差し指を口に当て、私は大きくうなずく。

「香穂はこれからも利用するつもりなの」

「もちろん！　セックスすると体調もいいし、ぐっすり眠れるんだよね。スポーツクラブやエステサロンとおんなじ、ハマりすぎないよう気をつけてるから」

最後の言葉で香穂は真面目な表情になった。もしかしたらもう好きな人がいて、だから元夫の誘いも簡単に断われたのかもしれないけれど、あえて聞いたりはしなかった。

＊

窓の向こうには満開の桜並木がこんもりと薄紅色の頭を見せ、暖かい日差しが降り注いでいる休日、私は家から一歩も出ずにオーダーネックレスのデザインを考えていた。部屋の片隅にビーズの作業机が置いてあるリビングで難しい顔をしていても、珠子はその横でずっとスマホをいじっている。娘たちが小さい頃から私の仕事場はリビングで、私が作品づくりを始めると華子は私から離れたが、珠子はいつもそばにいた。都立高に通う珠子は勉強せずにお洒落《しゃれ》することばかり考えていて、徹夜で服をリメイクしたり、見よう見まねでビーズアクセサリーをつくっている。

アイディアがまとまらない。硬質な光を放つビーズの組み合わせを考えているのに、いつのまにか、おばあさんの花車から運ばれてくるやわらかな花びらが目の前でちらちらと舞っている。

お昼が近づくと、宗太郎がアトリエから出てきてうどんを茹《ゆ》で始めた。今では料理のほとんどを彼がつくる。台所を覗《のぞ》きこむと、私の好きな、きざんだ油揚げとねぎをたっぷりとのせた「きざみうどん」ができ上がっていた。宗太郎は、私が喜ぶのを期待しているようだが、無言でテーブルに着く。

「調子どう？」宗太郎がわざと聞いてくる。煮詰まっているときほど話しかけて欲しいことがわかっているからだ。

「何にもひらめかない」ぶっきらぼうに答える。

「これ食べた後で、ちょっと話聞こうか？」

「あ……うん」

私はビーズ制作の技術には自信を持っているが、デザインを考えるのは不得意だ。それを宗太郎に助けてもらっている。大切な作品をつくるときは、相談してヒントをもらったり、ときには宗太郎のラフデザインをそのまま生かすこともある。ビーズアートの大会で賞を取った作品も、宗太郎がアドバイスしてくれたもので、その賞のおかげで、ビーズで生計を立てるめどがついた。

無精ひげが伸び放題で、口元にねぎの切れ端をつけた夫の顔をながめる。もし離婚すれば、ビーズ作家としての将来は厳しいものになるだろう。でもいざとなれば、講師を細々と続け、舞台衣装などにビーズを縫い付ける内職をやっていくのもありかなと夢想する。

午後から出かけるという珠子がなかなかテーブルに来ないので、洗面所へ行って「早く食べないとのびちゃうわよ」と声をかける。念入りに髪をアイロンで巻く娘の、洗面台の脇に置いたバッグからのぞいている財布は、高級ブランドの新品だった。

「その財布、どうしたの？」

「え？」

「自分で買ったの？」

「おねーにもらった。こないだ渋谷で一緒に映画観たとき」

「華子がそんな高い財布、買ったの？」

私の強い口調に、珠子は困惑したようだった。

「もらったけど使わないからって。何かで当たったとか言ってたよ」

珠子はアイロンを途中でやめ、洗面所を出ていった。

美大の油絵科に通う華子は、半年前から学校の近くで女友達とルームシェアを始めた。私は華子が家を出ることには反対だった。宗太郎は自分がそうだったように、貧乏しながら絵を描く経験をしてみるのもいいと賛成した。華子はWEBデザインのアルバイトをしているが、それでも生活が苦しいとこぼしていた。あの財布は本当にもらったものなのだろうか。

夕方までにはざっくりとしたデザイン案が三つ見えてきたので、宗太郎を誘って花見がてらスーパーまでぶらぶらと歩くことにした。自家用車はとうの昔に手放していた。

「あの形って今までどこにもなかったよね。アシンメトリーってのもかっこいい。宗ちゃんさすが！」

私は宗太郎がラフを描いてくれたデザインに興奮していた。女社長にそれを推すことも話した。

「でも武子、プッシュしすぎると、あれだぞ。プレゼンって自分のイチ押しが通らないことも多いから」

「そうそう、時間かけて考えた自信作がダメで、ぱっと思いついたのが通ったりするよね。あれどうしてだろう」

「うーん」

「苦労するからいやだなと思ってる案が選ばれたり、最後に付け足したような案が選ばれたりもするよね」

話題が今月のスケジュールに変わると、宗太郎は連休前に京都の放光堂に行きたいと言い出した。それはすなわち、べらぼうに高い岩絵具《いわえのぐ》を買うためのお金を都合して欲しいということであり、たぶんオーダーネックレスの報酬を当てにしているのだ。

「私も欲しいものがあるから、あんまり出せないけど」と答え、あの入会金を払うつもりでいる自分に驚く。香穂にすぐ入会すると言わなかったのは、倫理観からではなく、夫以外の男と何十年ぶりにセックスするのが怖かったのだ。臍《へそ》の形が縦長からへの字につぶれてしまった、ゆるんだ中年女の裸を見られてしまう、それだけで羞恥《しゅうち》プレイじゃないか。

「……やっぱり色の深みを出すのに純紫金末《じゅんしきんまつ》を使いたくて」

宗太郎は今描いている絵のことについて語り、私は他の男とセックスする場面を想像しながら、夫の話を聞いているふりをして相槌《あいづち》をうつ。私たちは寄り添いながらお互いに違うことを考えていて、もうそれを指摘することもないし、淋しいとも思わない。

桜並木がある公園のなかに入った。歩調をゆるめながら、桜を眺めた。

私の前を、髪に桜の小枝を挿した若い女の子が横切る。張りのある肌に可憐《かれん》な花びらがよく似合う。もし皺《しわ》やたるみのある若くない女だったら、花も女も無残だろう。

若い頃は、桜の下で宴会することはあっても、わざわざ桜だけを見に行くことはなかった。今は、咲けば見に行かないと落ち着かない。見逃すと、大きな取りこぼしをしてしまった気がする。年を取ると、盛《さか》る桜の精気が、自分に似つかわしくなくなるからこそ恋しくなるのか。桜を見ると、生き返る心地がする。その分、若くなくなったことを思い知る。

桜の小枝を挿したあの女の子が私たちの前を歩いている。隣にいる男の子が、触りたくてたまらない気持ちを隠すことなく、小柄な女の子の肩に、腰に、しなしなと腕をまわしている。その腕のなかで女の子は軽やかに笑い、髪の桜の花が揺れていた。彼女はとても幸せそうだった。

その夜、私はベッドに座っている宗太郎の横に行き、さりげなく髪を撫《な》でた。

「髪そろそろ切ったほうがいい？」宗太郎が機嫌よく尋ねる。彼の髪は私がいつもバリカンで整えているのだ。私は軽くため息をつく。

「あのさ宗ちゃん。その……セックスしなくなると、たまったりして困らないの？自分でしたりしないの？」

ねえ、もう一回セックスしてみない？　素直に誘うつもりが、照れてしまってなぜか品のない問いになってしまう。夫は結婚した当初からアダルトビデオや不自然なティッシュのゴミとは無縁で、世間一般の男性と比べると不思議ではあった。こういう話は好まない夫だが、笑って答えた。

「しないよ。しなくて、全然平気」

「平気なの？　出さなくちゃだめってことはないの」

「それ俗説。出さなくても体内に吸収されるらしいよ」

「……そう。でもね、たまにふとセックスしたいなーって思ったりしない？」

「ないない。武子とはこんなに仲いいし、僕はこれで充分」

宗太郎が私の肩に腕をまわしてきたので、さっと立ち上がって部屋を出た。

この男は何もわかっていない。怒りを通り越して、殺伐としたあきらめが身の内に広がった。二十年一緒に暮らした年月などクズみたいなものだ。セックスしない男と添い遂げて女としての人生を終えていいのか。一生セックスできないかもしれないという恐怖がじんわりと迫ってきた。

大阪に出張した帰りの夜十時すぎ、華子のアパートに寄った。珠子の財布のことは、華子が家に来たときにそれとなく聞けばいいことだし、突然押しかければ嫌がられ、ルームメイトの夏海《なつみ》ちゃんにもうっとうしい母親と思われるのはわかりきっているのに、我慢できなかった。華子のことになると心配でたまらなくなる。

華子は高校に入って不登校になった。人気講師としてちやほやされても母親としては失格の烙印《らくいん》を押された気がして、そばであれこれと世話を焼いたが、華子がさらに反抗的になっただけだった。ところが、宗太郎がイラストの仕事をやめて日本画に専念すると宣言した途端、華子は学校に行き始めた。美大を目指して予備校にも通い、合格したときには涙が出るほどうれしかった。ルームシェアを始めてからは、華子が家に顔を見せるのは一ヶ月に一回くらいで、それでも高校時代に比べればずっと楽しそうな様子を見ていると、心からほっとする。

チャイムを押す。返事がないのでまた押す。もう一回押そうか迷っていると扉がわずかに開いた。

「おかあさん、どうしたの！」

華子はばっちり化粧をしているのに、くたくたの部屋着姿だ。

「ごめん。仕事帰りにちょっと寄ってみたくなって」

ケーキの箱を見せた。

「来るなら連絡ちょうだいよ！　もうー、ちょっと待って」

扉がバタンと閉められた。五分くらい待たされて、パーカーをはおった華子が外に出てきた。

「ガストでいいよね」

「今日、夏海ちゃんは？」

「長野。おばあちゃんの具合良くないんだって」

夏海ちゃんがいないなら部屋のなかを見たいのが本音だが、華子がこの時間に在宅していることに安心し、会えただけで満足だから、我慢した。

「これロールケーキ。冷蔵庫入れといて」

「ありがとう」ロールケーキが好きな華子は、うれしいような困ったような顔をして受け取った。化粧した顔を見るのはめったになく、わが娘ながらきれいになったとドキリとする。

華子は一旦部屋に戻るため、鍵を回して玄関のドアを開けた。玄関からまっすぐに見える台所に、トランクス一枚の若い男がぼうっと立っていた。男が何か言おうとしたとき、扉は勢いよく閉められた。

華子は私に背中を向けたまま、ドアの前で硬直している。華子がなぜ化粧をしているか、なぜ部屋に入れてくれないかを深く考えなかった自分は、かなり抜けた母親だ。

「華子、ガスト行こう」

私は歩き出した。華子は少し迷っていたようだが、ケーキの箱を持ったまま私の後についてきた。

そのまま無言で歩く。

華子の顔をまともに見られない。さっき見た若い男の裸は、白くてやせて骨ばかりがごつごつしていて、それが余計になまなましい。隣りにいる自分の娘がさっきまでその男と抱き合っていたのかと思うと、どういうわけか体が熱くなる。知らない女のような娘の体臭が、濃く匂うような気がする。

華子は大学に入ってからボーイフレンドの話をするようになった。二十歳ならセックスもするだろうし、学生ならホテルよりもお互いの部屋を使うだろう。それについてとやかく言いたくない。でも何か話さなければいけない。

「顔、よくわかんなかったけど、イケメンじゃないね」

「イケメンって」華子が笑う。

「あっ、もう死語?」

「んー。私ね、顔で選ばないから。自信たっぷりな男も苦手」

「へえ」

「おかあさんもそうでしょ、おとうさん見ればわかる」

娘も、私に媚《こ》びている。華子は父に似ていると言われるのは喜ぶが、私に似ているというのは必ず否定する。

私は娘が年頃になったら「ちゃんと避妊しなさいよ」「自分勝手なセックスをする男はやめときなさい」などとざっくばらんに話せる母親になりたかったが、男の裸を見た直後では、言葉に湿気と粘り気がまとわりついてとても言えそうにない。セックスに餓《かつ》えている私が、セックスなどいとも簡単に手に入る娘に対して、セックスを語るのも滑稽《こっけい》だろう。

「彼、この前話してた一緒にバイトしてる人？」

「えっ。まあね」

そうではないのだとぴんとくる。

「違うの？　じゃあどういう人？　つきあってるんじゃないの？」

華子は答えない。私はいつも詰問《きつもん》してしまう。華子はもっと話さなくなる。

「こうやって突然来るの、やめて欲しい。どうして信用しないのかな」

こういうときの華子は宗太郎に似ている。なだめるように、静かに話す。私はすでに負けているように感じる。

「信用してないわけじゃない」

「どうかな。おかあさんは全部把握してないと不安でしょうがないんだよ」

「華子が隠し事するからでしょ。珠子が持ってる財布だって、何かに当たったってほんと?」

華子はあきれた顔をした。

「夏海につきあってアウトレットモール行ったの。そこで抽選会やってて、財布が当たっただけだよ。もしかしてあやしいバイトしてるとか? お金持ちのおじさんからもらったとか? おかあさんが考えそうなことだよね。そんなちゃらちゃらしてるヒマ、私にはない」

血が逆流した。

「男の人連れ込んでちゃらちゃらしてるじゃない!」

「連れ込んで」という言葉が飛び出して、冷静になった。以前、香穂が夫の浮気相手のことをアバズレだの泥棒猫だのと呼び、ずいぶん古臭い言葉を使うなあと内心笑ったけど、私も似たようなものだ。

「それとこれは別でしょ。私、学校一度も休んでない。おとうさんはわかってくれてる」

「ああそうですか」

「おかあさん、おとうさんに嫉妬してるね」

私は目をむく。だけど言い返せない。今日の華子は若く美しく自信にあふれているように見える。

「おかあさんが働かなきゃうちはやっていけないのはわかってる。だからすごく感謝してる。でもおかあさん、それでおとうさんよりえらいと思ってるでしょ、おとうさんのことばかにしてるでしょ」

「いきなり何言い出すの！　そんなこと全然ない。おとうさんのこと尊敬してるわよ」

「そうかな。最近、どっか冷たいところがある」

私は立ち止まった。

「今日はこれで帰る。もう突然訪ねたりしないから。気をつけて帰って」

私は早足で駅へと向かった。華子は追いかけてこなかった。

大人げないとは思ったが、口を開けばとんでもないことをわめきそうだった。

華子の指摘は鋭い。私が見て見ぬ振りしていることを華子がちゃんと見ているのは背筋がひんやりすることだった。ただ、私が宗太郎を心なしか軽んじていたり、冷たいところがあるとすれば、収入の問題だけではなくセックスの問題で、女としての私を満足させていないからだ。心のどこかで、彼を男として役に立たないと蔑《さげす》んでいる。でもそれを本人が全く気にしていないことへのいらだたしさ。それが無意識に態度に出ていたのか。でもそのことを娘に言えるわけがない。

妻とセックスしたくないという宗太郎が誰からも責められることなく、セックスを我慢している私が娘から疎《うと》まれるのは何とも理不尽な気がした。今までしてきたことがむなしくなった。

私は香穂に電話をした。

＊

会員になる手続きは時間がかかった。セックススタイリストとやらの面談も受けたが、華やかな世界で働いてきたスノッブな女性か、商売っ気たっぷりの押しの強い女性かと思いきや、飲み屋のおかみさんのように気さくだった。会員になりたいということは「セックスしたいのでよろしくお願いします」と自分をさらけ出すことであり、彼女には、温かい包容力と冷静な分析力を合わせもったカウンセラーのような雰囲気があった。とはいえ、面談はこちらの希望を聞くというより、利用者の本気度と信頼度を測るためのもののようだった。

夫が他の男とセックスしてもいいと意志表示していることを伝えると、旦那さんに会員になったことを話しますか？　と尋ねられた。いいえと答えた。隠しているほうがセックスを楽しめるだろうし、話せば夫は不愉快な思いをするだろうけど、それで何かが変わることはないだろうから。相手はにっこり笑った。ここを利用する人は、夫や妻に絶対ばれたくない、家庭を壊したくないという人がほとんどですが、なかには相手に知っておいてもらいたい、気づいてもらいたいという人もいるのです。それによって夫婦関係の修復や改善をしたいのかもしれませんが、それは間違いです。自分だけいい思いをして、相手を変えようったってうまくいかないですよ。

会員になるとすぐに男性を紹介された。簡単なプロフィールは添付されているが、顔写真は無い。顔で選んではいけないというより、プライバシー保護のためだろう。ろくに読まないまま決め、二週間後に会うことにした。

その日に向かって節食し、毎日体操をした。エステとネイルサロンに行き、洋服も買った。財布の紐《ひも》が完全に切れている。気分が高揚している。腐るほどよくいる浮気妻だ。

目を閉じると遠くに花を積んだ車が見える。人生に光が射し込んでいる。オーダーネックレスの制作もびっくりするほど早く進んだ。

華子にはあの後、米やそうめんやお菓子などをこまごまと詰めた荷物を送った。お礼のメールが来て、週末に夏海ちゃんと一緒に家へ来た。仲直りはしたいが言い合いはしたくない、ということか。宗太郎がはりきって料理をつくり、二人は気持ちよくたいらげながら彼の学生時代のことを熱心に尋ねていた。珠子は出かけていて、私は女の子二人の横でワインを飲みながら、途中に挟《はさ》まれる若手の画家などの話についていけず、ただ話を聞いていた。

宗太郎が母親で、私は父親のようだ。私は華子と、もっと母娘らしい密接な関係を築きたいのだけれど、華子にとっては、宗太郎がその役目を果たしていて、私はそこに割り込もうとするわからずやの父親なのかもしれない。立場は父親だけど、心は女のままの。

自分が母親ではなく父親だと考えることで、娘が自分の分身などではなく、他人だと再認識する。他人ならわかりあえないことがあるのは当然だから、華子に対してももう少し冷静になれるかもしれない。

そして、宗太郎がこれまで私に、「母親らしさ」や「女らしさ」を求めてこなかったことにも気づいた。母親だからああしろ、女だからこうすべきだ、と言われたことはなく、そんな夫を誇りに思い、感謝していた。同じように、私も宗太郎に「父親らしさ」や「男らしさ」を求めないようにしていた。

でも私は今になって、宗太郎にペニスを勃てるという「男らしさ」を求めている。それはずるいことなのだろうか。

華子たちが帰った後、宗太郎に頼まれて、体を揉《も》み、背中に湿布を貼《は》った。夫は娘よりも間違いなく他人なのに、体のどこにシミが出てきたか、どのあたりに肉がついてきたか、どこを触るとくすぐったくて、どこが気持ちいいのかがすべてわかっていて、自分の体のような感覚があった。自分の背中は見ることができないから、自分の体よりもよく知っているかもしれない。だからこの体は私のもので、他の女に使われたくない、ということではない。そんな所有欲や支配欲はない。夫の肉体は娘の肉体よりはるかに近しく、ふれればそこにはただ安らぎがある。これは欲情しないな、と思う。

今度は宗太郎が私の体を揉んでくれた。昔に比べるとずいぶん揉むのが上手になった。夫も、妻の体が自分の体のようになって欲情しなくなったのだろうか。

座っている宗太郎に抱きついてみた。抱き返してくれる。でも、今の私には何の性欲も湧《わ》かない。

「幸せだけどかなしい」

私は宗太郎の胸に顔を埋《うず》めた。

「幸せな家庭はみな似ているけど、不幸な家庭はそれぞれ違うっていうよね」

ひとり言のようなくぐもった低い声が聞こえる。

「トルストイだっけ」

服の上から、なじんだ宗太郎の匂いがする。

「幸せな家庭もそれぞれ違うんじゃないかな」

私は返事ができない。


週末の昼近く、セックスの相手に会う前に、ホテルの宴会場へ向かう。女社長がパーティで私のつくったネックレスをつけるので、招待されたのだ。二十代ＯＬをターゲットにした雑誌が主催する読者イベントで、彼女の会社が後援しているという。

女社長の控え室に行って挨拶をした。香穂も来ていて、私のそばに近づいて耳元でささやいた。

「その服のチョイス正解。武子らしくないけど、男の人はきっと気に入るよ。がんばってね」

「結構緊張してるのよ」私はさらに小声で耳打ちした。

「あたしもそうだった」

香穂がニッと笑う。

女社長はトルコブルーのスレンダーなドレスを着ていて、大きく開いた胸元に同系色のビーズネックレスをつけていた。会社の広告塔でもある彼女の肌の艶《つや》や透明感を最大限に引き出すのが目的だから、ネックレスの色はパーソナルカラーに合ったものを提案し、それに納得した彼女はドレスの色も変更した。ネックレスはそれほど大きなものではないが、近くで見れば個性的なデザインで非常に手の込んだ一点ものだとわかる。若い女性が集まる昼のパーティだから、いかにもリッチなマダム風に高級ジュエリーをつけるのではなく、新しいものに敏感でセンスの良い女性であることをアピールするのだ。とてもよく似合っているし、彼女も心から気に入ってくれた。

パーティは編集長の挨拶で始まり、ゲストタレントのトークショーやミニファッションショーの後、バイキングの食事となった。クリスタルのシャンデリアがきらめく会場は、思い思いに着飾った女性たちであふれ、後ろのほうには、流行のファッションを着こなした編集者や背広姿の関係者がいた。

香穂が気をきかせて、私をビーズ作家としていろんな人に紹介してくれる横で、笑顔を貼りつかせて挨拶する。そのとき「……さんでしょ?」と旧姓で呼ばれた。代理店に勤めていたとき、つき合いのあった同い年の編集者だった。さほど親しくもなく、むしろこちらが取材を頼むと横柄《おうへい》な態度だったのに「うわー久しぶり!」と腕をつかまれ、こちらも「ほんと懐《なつ》かしいです!」とおおげさに喜ぶふりをした。編集者は「イメージ変わったわねえ」と私の無難な服を軽く一瞥《いちべつ》する。彼女はゆるくウェーブのかかった明るいオレンジベージュのセミショートで、以前よりもはるかに垢抜《あかぬ》けた印象になっていた。お金がかからないからずっと黒髪のロングヘアにしている自分を野暮ったたく感じる。

私が女社長のネックレスをつくったという情報を仕入れていたらしく「ビーズって安っぽいイメージがあったけど、あなたのはすごいのねえ。私にもつくってよ。今度食事しましょう」とすり寄られる。小さな記事での紹介と引き換えにただでつくる羽目になるのは目に見えていて、食事など全然したくないけれど「ありがとうございます」と微笑《ほほえ》み、もし会うことになったら彼女を納得させる服を買おうと決める。

読者たちがホテル名物のローストビーフの前で行列をつくっているのを横目で見ながら、私と香穂は女社長やそのスタッフとの談笑に精を出す。

女社長は、自分が定宿にしている上海《シャンハイ》のホテルがいかに素晴らしいか、上海のアンチエイジングエステがいかに効果があるかを語り、そんな高いエステに行けるわけがないと心で愚痴りながら「私たち四十代ガケっぷちはもう絶対行くしかないですね！」と香穂と一緒に宣言し「今度一緒に行きましょうね」と手を握られ、脳内の財布の底をやけくそに引き裂いている。

パウダールームに行くと、頭の芯《しん》が熱くなっているのがわかる。テンションを上げて営業トークすることに、若い頃は消耗して落ち込んだこともあったが、今は身に染《し》み付いてしまったことなのだと開き直っている。でも、鏡に映る、普段より濃いアイメイクと愛想《あいそ》笑いのしすぎで全体が引きつったような顔を見ながら、どうして私はここにいるのだろうと思う。何かが間違っている気がするが、それが何かを考える余裕はない。気合を入れて会場に戻る。

離れたところから女社長のネックレスを見ているうちに、熱くなっていたものがどんどん冷めていった。

私は、失敗したのだ。

私のつくったネックレスは、女社長をそばで見ることができる人にとっては印象深いものだろう。だから編集者には評判が良かった。しかし大部分の客は彼女を遠巻きにしか見ることができず、そういう人たちから見れば、あの繊細なアクセサリーはほやけた飾りにしか見えない。女社長にとって、一般消費者である若い女性たちにステキと思われるほうがはるかに重要なのに、私はそこまで考えられなかった。

気持ちは沈んだ。でも私はわざわざそれを告げて謝ったりしないだろう。彼女が私の率直な意見に感激して、さらにオーダーが増えるなどということはほぼあり得ない。あのネックレスを気に入っていた女社長の気分を害し、香穂の顔をつぶし、おつき合いはもうこれっきりだろう。そういうことはこれまでの経験でよくわかっている。

やがて、お取り寄せスイーツやパーティバッグなどが当たる抽選会が始まった。当選番号が読み上げられると「きゃー！」とかわいらしい声が上がり、その周辺の女の子たちから拍手が起こる。そばにいる五十代くらいの男女の「賞品しょぼいよな」「あんな安いバッグ当たってもねえ」というひそひそ声が聞こえる。パーティ擦《ず》れした関係者だろう。そういえば、彼らや私が二十代の頃は、一般人の結婚式の二次会ですら、抽選会の賞品に海外旅行や五十万近い指輪が出ているような時代だった。

若いからというだけでなく、どうしてあの頃はいろんなものが欲しかったのだろう。そして今、私はまだまだ欲しがっている。人と比べて足りないものを、手に入れなくてはと思う。欲しがることをあさましいと思いながら、欲しがることで若さにしがみついている。

化粧品セットの抽選が始まり、女社長が壇上に立った。

私の目はスポットライトを浴びる彼女に釘《くぎ》づけになる。フェイスライン、肩幅、身長、表情、物腰。それらを見ているうちに、猛烈に、新しいネックレスがつくりたくなった。デザインは浮かんだ。それを彼女に差し出すかどうかは別にして、ただつくりたい。それは手の衝動だ。こんなところでぼうっと立ってないで、作業台の前に座って手を動かしたい。

たまたま趣味でビーズを始めたにすぎず、飛びぬけた才能があるわけでもなく、努力だけでここまでやってきた。何十時間もの単純で細かい作業、老眼や肩こりや頭痛や目の下のたるみやひたいのシワに悩まされ、それでもこつこつ作業するのは、私の大好きな、手を動かす喜びのためだった。その泥臭い積み重ねが私をしっとりとやさしく埋めてくれた。そして家族やお金というありきたりで切実なもののためだった。

でも、これが終わればセックスをしに行くのだ。

セックスはずっと埋まらない私の一部分だ。性欲があふれ、私の心と体がそれを埋めたくてたまらないのならよかったのに。私はただ、埋めてしまえばもう気にしなくてすむから埋めたいのだ。

でも、これからセックスをしても埋まるかどうかわからない。お金の力で、他人の力で、面倒を洗練させたやり方で欲望を解消して、私は満たされるのだろうか。埋まらなければさらに埋めようとするのだろうか。

どうして、埋まらないまま、耐えることができないのだろう。

花車がもうそこまで来ている。花車を見つけたときの喜びを私は忘れない。それなのに、その花を受け取るのをためらっている。遠くにあったとき、花車は光あふれていたのに、今は毒々しい色で私に迫っている。それを受け取ってしまうと、大切なものが壊れてしまうのではないか。

私は会場の真ん中を、人をかき分けるように進み、壇上から降りた女社長に近づいた。挨拶をして家に帰り、ビーズをつくろう。

彼女は私に気づくと、親しげに手招きをした。

「今度、うちに招待するからぜひいらして。私の友人にね、ニューヨークのセレクトショップでバイヤーやってる女性がいるの。紹介するわ。そうね、私がつくってもらったのを見せてもいいんだけど、他のアクセサリーも、いくつか用意しておいてちょうだい」

「あの、それは……」

「あなたのアクセサリー、海外でも売れると思うの。華やかで品が良くて、つけてると気分がいいわ。私のオーダーも、これからもよろしくね」

女社長はいかにも慣れた感じでウィンクした。

「ありがとうございます！　こちらこそよろしくお願いします！」

こめつきバッタのように何度も頭を下げていると、スタッフが女社長に声をかけ、彼女は悠然と会場を出て行った。香穂も見送りのために後を追いかけて行った。私もそうしなければと思うが、今の言葉で金縛りにあったように動けなかった。

全身がしびれるほどうれしかった。地位の高い人にありがちな思いつきや気まぐれかもしれない。とはいえ、ニューヨークの話は別として、女社長が次もアクセサリーをオーダーしてくれるのはほぼ確実だろう。

すぐに頭をよぎったのは「これで珠子の大学進学費用が助かる」ということだった。珠子がこっそり沖縄芸大を調べているのは知っていて、本気で受験したいと相談されたときに備えて、どうしてもこの女社長という取引先をつかんでおきたかったのだ。

稼ぎが増えるというのは、何とも言えない安心と自信を与えてくれる。お金の心配が減って、気が大きくなる。私はツイているのかもしれない。こういうときは流れに乗って、男性に会ってもいいかもしれない。新しいことに出逢《であ》う運気が来ているような気がする。

一方で、慣れない幸運に心細く不安にもなる。自分の実力をわかっているからこそ、慎重になる。さらなる上を目指して、もっと作品をつくることが先決ではないか。どうすればいい？　私が今、ほんとうに欲しいものは何なのだろう——。

「あの、すみませーん」

若い女性三人組に声をかけられる。

「そのバレッタすっごくステキなんですけど、どこのですか」

「ああ、これ。私がつくったの」

髪をアップにした後頭部に手を伸ばし、髪留めをはずして見せる。

「うわー、こまかーい、かわいーい」

「あたしもこういうのほしーい」

「ちょっとさわっていいですか」

女の子たちが騒ぎ出すと、私のまわりに人だかりができた。名刺を出すと、われもわれもと女の子たちが手をのばした。写真を撮らせてくださいとカメラを構える子もいた。

壇上ではお開きの挨拶が終わり、三々五々、みなが帰り支度を始めている。中年男性たちが、若い女の子に取り巻かれている私のほうをちらちらと眺めながら通り過ぎていく。時計を見ると、男性との待ち合わせの時間まであまり余裕がなかった。

人が少しばらけたところで、「次の約束があるので」と謝って会場を出る。出口で、あの編集者が「また今度ね～」と猫撫で声を出して手を振り、お土産を渡している出版社の社員が、深々と礼をして見送ってくれた。読者たちがそれを見ているなかを、軽く微笑みながらゆったりとした足取りで立ち去る。

私は今、力が欲しい。もしニューヨークのバイヤーに会っても、気後れしない、自信が欲しい。このチャンスをつかむためにもっと強くなりたい。埋まらない穴を抱えたままじゃ、外で戦えない。

ホテルを出て、オフィスビルのなかに入りトイレを探す。誰もいない女子トイレで鏡に向かう。口紅のパレットを出して、つやつやしたコーラルオレンジを唇に乗せる。殺風景なタイル張りの壁が背後に写り、白熱灯の光に照らされて顔色が沈んで見える。もう時間が迫っているのに、何度も紅筆を往復させる。

中年の女性二人連れが入ってきた。それをしおに化粧ポーチをバッグにしまい、時計を見て、最後に鏡を一瞥する。色事に向かう女の顔にはとても見えなかった。

母にならなくてもいい

母親の葬式で、父や兄がいるのに、あたしが全体を取り仕切ることになるとは思わなかった。

七十四歳の母がクモ膜下出血で急死した夜、病院の霊安室には七十九歳の父、五十二歳の兄と一つ下のその妻と高校生の娘、四十七歳のあたしが集まっていた。東京では木枯らし一号が吹き、日が暮れると肌を刺すくらいに冷え込んでいたが、部屋のなかは、つくりものの、のっぺりとした冷えかただった。

「香穂、お母さんが息してないんだ。今、救急車呼んだ」と携帯電話に父から連絡があったのは午後四時。父が外出先から戻ったとき、母は居間で倒れていたという。父と母は三鷹《みたか》の一軒家に二人暮らしで、あたしは近くに住んでいるのに仕事の忙しさを言い訳にして、顔を出すのは三ヶ月に一度程度だった。

救急車が到着したときはすでに心肺停止状態で、病院に運ばれたものの一時間もしないうちに死亡が宣告され、あたしは横浜にあるクライアント先から病院に向かう途中でそれを知った。母は高血圧の持病があるが、その日はいつもと変わりなく元気だったらしく、父はかなりショックを受けていた。電話口で取り乱すことはなかったが、普段は饒舌《じょうぜつ》なのに、聞かれたこと以外は何も話そうとせず、あたしはまず自分がしっかりしなくてはと気を引締めた。

集中治療室に駆け込んだとき、医療器具はすでに片付けられており、母はしわ一つない白いシーツに覆《おお》われていた。最後に会ったのは、十日前に二人で食事をした銀座のフレンチレストランで、そのときとのあまりの違いにたじろいだ。化粧をしていない目のまわりは薄茶色のシミだらけで、白髪はぺちゃんこ、いつも母が気にしていた薄くなった生え際《ぎわ》がむきだしになっている。隠してあげようと前髪を触った途端、涙があふれてきた。

「香穂、すまん」

呼びかけられて初めて、少し離れたところに座っている父が目に入った。痩《や》せた体が、いつもよりさらに細く小さく見える。父のそばへ行き「お父さんがあやまることないよ、あたしこそ遅くなってごめんなさい」と背中に手を置くと、あまりにも肉が薄く骨ばった感触に、思わずゆっくり、ゆっくりとそこを撫《な》でた。

ドアをノックする音がして気弱そうな若い男性が入ってきた。病院で契約している葬儀業者だという。こちらを遺族だと確認した後、一番近い火葬場が明日から休業日と友引で二連休になり、休み明けは非常に込み合うので予約だけは早めにしたほうがいい、と話し始めた。あたしは彼に質問するうちに涙が引っ込み、頭が仕事モードに切り替わり、やるべきことを手帳に書き出していった。ふと、父が何も言わないことに気づいて顔を見ると、思いつめたような視線を母に向けたまま、何か考え込んでいる様子だった。

業者が病室を出ると、あたしは通夜《つや》と葬式の日取りを整理して説明しながら「お父さんはどうしたい？」とたずねた。

「眼科の予約が……」

父はそうつぶやいて、うつむいてしまった。何が言いたいのかさっぱりわからなかったが、今の父が頼りにならないことだけはわかった。

大手の繊維商社を定年まで勤め上げた父は、趣味の絵画を楽しみながら悠々自適の生活を送っている。我が家から葬式を出すのは初めてだし、すすんで世話役を引き受けるタイプではないから、こういう段取りが不得手なのはわかる。仲睦《なかむつ》まじかった妻を突然亡《な》くし、呆然《ぼうぜん》としているのもわかる。何より、父は老いたのだ。

けれどもあたしの知っている父は、子供を導き家族を守ってきた、頼もしい男なのだ。

お父さんしっかりしてよと励まそうとして、顔を上げた父の泣き出しそうな目にぶつかり、やっと気づいた。父は緑内障で定期的に眼科の検査を受けている。今日はその検査日だったとさっき電話で話していた。父は、もし別の日に予約していれば母は助かったかもしれないと、自分を責めているのだ。

「お母さんが死んだのはお父さんのせいじゃないよ。眼科の予約、関係ないから。お父さんは全然悪くない」

父の表情は変わらなかった。母親を病気で亡くし、懸命に看病したにもかかわらず、まだ足りなかったと自分を責め続けていた友達の震える肩を思い出した。父の耳には火葬場の話など聞こえていなかったに違いない。

父を頼ってはいけない。負担をかけてはいけない。事務的なことは全部あたしがやればいい。父は喪主として、いてくれるだけでいいのだし、大事なことを決めるときは兄が助けてくれるだろう。でも、ここに夫がいたらどんなにか心強いのに——その気持ちは、すぐ打ち消した。

それからは、病院や葬儀社とのやりとり、近しい親戚《しんせき》をはじめ会社や取引先へ電話するために、部屋を何度も出たり入ったりしながら兄の到着を待った。父はさながら亡骸《なきがら》の守り人で、そばを離れることなど思いも寄らないようだった。椅子《いす》に座ったまま身じろぎもせず、食事はおろか、飲み物さえ口にしなかった。

直属の部下である小宮《こみや》に電話をしたら、お悔やみの言葉はあったけれど、葬式を手伝う申し出はなかった。上司の身内の葬式を手伝う義務などなく、しかもプレゼンを控えて忙しいのだから彼に全く非はないのだけれど、うちの会社では、同僚が葬式を手伝うことは珍しくないし、あたしが部下だった頃はどんなに忙しくても、何かできることがあればと上司に申し出たものだ。関係がうまくいっていないのはわかっていても、やはりさびしかった。

夜十時過ぎ、秋田に住む兄が、家族と共に病院へ到着した。

遺体に対面した兄は、涙を見せることなく立ち尽くしていた。高校生の姪《めい》は「おばあちゃーん！」とベッドに駆け寄り、えっえっとしゃくりあげながら泣いた。ディズニーランドだのコンサートだのしょっちゅう三鷹の家に泊まりに来て、母にはよくかわいがってもらっていたのだ。中学校で音楽を教えている兄の妻はそれを見てもらい泣きしていたが、あたしが泣いていないせいか、控えめに涙を拭《ふ》いていた。

あたしは兄の家族に感謝した。泣く人があらわれたことで、この場面が、平凡な主婦として一生を終えたやさしい母にやっとふさわしいものになったからだ。

あたしが二十代だったら、思う存分泣いていただろう。葬式の段取りなんか気にもせず、あふれ出す感情に身をゆだねていただろう。

母とあたしは仲が良かった。でもべったりとしたものではなかった。

何不自由なく育てられ、あたしはお洒落《しゃれ》な母を見て小さい頃から服に興味を持ち、嫌いな服だと幼稚園に行かない子だった。小学五年のお正月、自分で考えたコーディネイトで親戚の家に行こうとしたとき、ユニークで褒めてもらえると思っていたのに「あなたはいいかもしれないけど私が困るのよ」と母から冷たく言われて、母とあたしは血がつながっているけどぜんぜん別の人間なのだ、と世界がひっくり返るような衝撃を受けた。母のなかにある何となくいやなもの――後になって親の体面というものだとわかったが、それに気づき、母を神のような絶対的な存在ではなく、一人の人間として距離を置いて見るようになった。その経験から、子供という生き物に対する恐れのようなものが、あたしのなかにある。

それでも、母は料理上手だったから、食いしん坊のあたしは台所もよく手伝ったし、ファッションの好みは違ってもセンスは信用していたから、テレビに出ている有名人の服について二人であれこれ悪口を言うのも楽しかった。夫婦仲はとても良く、二人だけで出かけることも多く、食事どきでも兄やあたしが話さなくても二人でずっとしゃべっていて、そんな両親のような夫婦生活を送りたいと願ってもいた。そして高校を卒業してアメリカへ留学するときも、一年で留学をやめて日本の大学に入るときも、就職も結婚も離婚も、あたしは親に相談せず一人で決めた。父と母は、親の言うことなど聞かない娘だとなかばあきらめ、学費を出し、事後報告を受け入れてくれた。

親のことを第一に考える兄は、あたしをわがままな末っ子だと責める。親に甘えるばかりで親になろうともせず、いつまでも子供のままだと。その通りだ。あたしは、母になんかなれない。

それに実際のあたしは母になるにはほぼ手遅れの五十間近の女であり、人前では分別ある大人のように振る舞わざるを得ないのだ。

兄は父に、母が倒れたときの状況を尋ねた。父の話は要領を得なかったけれど、兄はあたしに確認することもなく黙って部屋を出て、一向に戻ってこなかった。あたしは、どこぞのトイレで泣き崩れているのではないかと真剣に男子トイレをのぞきに行き、すぐに決めなくてはいけないことが山積みなのに長男がいなくてやきもきした。やっと戻ってくると、母の処置をした医師から説明を聞いてきたのだと言い、いかにも大学で鉱物の研究をしている兄らしいな、と思った。その肝心の兄は、ほとんど頼りにならなかった。葬式を出す側の立場に置かれたことがなく、葬式についてびっくりするほど無知だった。そのくせ、お坊さんはいらないとか身内だけでいいとか自分の好みを主張するのだけど、それは、檀家《だんか》としてのつきあいを欠かさず、友人も多かった母が生前希望していたものとは違うと口を挟《はさ》むと「じゃあお袋がしたかったようにすればいいよ。香穂、わかってんだろ、任せた」とあたしに丸投げしたのだった。

結局、あたしが葬儀社選びから予算まで含むたたき台をつくり、父に了解を得て、兄夫婦に協力してもらいながら進めていった。こういうことは、実のところ大得意である。広告代理店の営業職らしく、母の葬式というイベントを大過なくやり遂げようと心静かにはりきった。

通夜には、別れた夫が弔問に来た。こちらから連絡はしていないが、同じ業界だし友人の誰かが伝えたのかもしれない。そばへ行って挨拶すると彼は何か言いたそうだったが、すぐにその場を離れた。八ヶ月前に偶然会い、ホテルに誘われたけど断わった。彼への思いは埋《うず》み火のようなものだ。消せはしないが、掘り起こすことは二度とない。

実家に泊り込み、暗い台所で一人ぼんやりしていると、無性に誰かに寄りかかりたくなった。S氏にメールしてみようかと思い、そんな関係ではないと踏みとどまる。メールなんかするわけがない。夜中にあたしは誰かに話しかけたくて、話しかけたい人が誰もいないよりはましだと思っただけだ。

葬儀が無事終わり、兄と共に仏間で片付けをしていたら、父と同居したらどうかと切り出された。

「無理無理！　お父さん猫苦手でしょ。あたし、猫たちと離れるつもりはないから」

「親父は一階に住んで、猫は二階で飼えばいいだろう。そうすれば家賃もいらないし、その分、貯金できる」

あたしは離婚後、夫と住んでいたマンションを出て、現在はペット可の賃貸マンションに猫四匹と住んでいる。西荻窪《にしおぎくぼ》にある築四十年の中古物件を選んだのは、猫が住む広さを確保するためであり、大家さんが古い部屋を好きに改造していいと許可してくれたからだが、一番の理由は夫と住んでいた御殿山《ごてんやま》の高級マンションとは別の暮らしがしたかったのだ。でも兄はその住まいを見て激高した。というのも、あたしが夫と浮気相手からぶんどった慰謝料全部でハリー・ウィンストンのダイヤモンドを買ったことを、母から聞いていたのだ。「くだらないもの買って、どんだけ金持ってるのかと思ったらこんなみすぼらしいとこに暮らして。金はあるだけ使うのも計画性のないのも昔のまんま、いい年してどれだけ親を心配させればすむんだ！」と説教を始め、ハリー・ウィンストンとハリー・ポッターの区別もつかない兄に、あのめちゃくちゃ敷居の高い店で鼻歌をうたうように指輪を買うのはあたしの夢だったし、ダイヤモンドは女子の親友だとマリリン・モンローも歌ってるしねっ、と言うのは無意味だから、しおらしいふりをして聞いたのだった。

「酒もタバコもやめないし、猫を全部看取《みと》った後は、長生きしてお兄ちゃんたちに迷惑かけることはないようにするから」

「お前みたいな能天気なやつほど長生きすんだよ！」

あたしがもし早死にすることがあったら、猫四匹は猫用貯金通帳をつけて信頼できる猫仲間に引き取ってもらうことになっている。でも、子供のいない独り身のあたし自身がもし痴呆《ちほう》や寝たきりになったらどうするかは、猫のことほど具体的に考えられない。兄の家族に迷惑をかけたくないなら、完全看護の老人ホームに入れるくらいの貯金をするのが真っ当だけど「孤独死が怖くてドンペリが飲めるか！」と言いながら散財している。やけになっているわけではなく、誰にも世話されず看取られなくても人のせいにせず、野垂れ死にする覚悟はある、つもり。

「親父が一人きりで心配じゃないのか」

「家事だってできるんだし、今はまだ一人で生活できるよ」

「一緒に住むの、いやなのか」

「生活のリズムが全然違うでしょ。お父さん、朝四時に起きて夜九時には寝てるじゃない。あたしは、平日は寝に帰るだけの生活だし、家事は週末にまとめてしてんの。毎朝早起きして料理とか洗濯なんて、絶対無理だから」

「香穂が一緒に住むって言ったら親父喜ぶよ。呑《の》み相手ができるし」

「あのさあ、これからまた結婚ってこともあるかもしれないじゃない」

「結婚？　誰の話だよ」

「あたし」

「お前まさか」

「今はないわよ。でも親と同居だと、そういう可能性も少なくなるわけだし」

「おめでたいやつだな、いくつだと思ってんだ」

あたしは女として終わったわけじゃない、とS氏を思い浮かべる。セックススタイリストの世話になっていることに罪悪感を持たないようにしているが、父や兄がそれを知ったときのことを一瞬想像して、何ともいやな気持ちになる。

「ったくもう、自分のことしか考えてないっていうか」

「とにかく今すぐは無理。実家にはできるだけ顔を出すから、ちょっと考えさせて」

父にもそう伝えると、父はひとりでも大丈夫と胸を張っていたが、兄やあたしを見送るとき、今までにない心細そうな顔だった。

＊

翌朝、父から暗い声で電話がかかってきた。何が起こったかと身構えたら、洗面所にある母の化粧品をあたしが引き取るかどうかを聞かれた。急ぎでもないことを朝っぱらから……といらつきそうになるが、父が顔を洗いながらいつものようにそこにある母の歯ブラシや化粧瓶を目にし、母がもういないことを実感させられているのだと思うと、心がしんとしてしまう。でも、引き取ると一言ですませ、朝ごはん何食べたの？　とほがらかに話題を変える。味噌汁《みそしる》の具の話をしているうちに父の声に元気が出てきたので、出かける準備をするからと電話を切った。

会社では、新規クライアントである飲料メーカーのコンペに向けて、プレゼンの準備が佳境を迎えていた。第一営業部・部長という肩書きはあるが、大きい会社ではないからチームリーダーのようなものだ。現場をほとんど部下に任せる部長もいるが、あたしは現場を知っていないと正確な判断ができないと思うから、取引先やスタッフとの打ち合わせにも積極的に顔を出している。

パソコンを立ち上げると、その飲料メーカーの宣伝部長である佐久間《さくま》からお悔やみメールが届いていた。四つ年上のエネルギッシュな男性で、コンペのために何度も飲みに行き、それなりに親しい関係にはなっていた。とはいえ、肉親の死からの立ち直り方について、彼の母が亡くなったときのことを引き合いに出しながら延々と語るメールには困惑した。それでも、心配してくれているには違いなく、心が慰められましたとメールを送った。あたしに気があるのかな、とちょっとだけ思った。

小宮から報告を聞くと、プレゼンの準備は滞りなく進んでいた。

「良かった、小宮さんに任せておけば安心ね」

最後ににっこり笑えれば完璧《かんぺき》だったが、そこまではできなかった。小宮はあたしを見たまま表情を崩さない。

「別に、全然問題なかったです」

あたしがいてもいなくても全然問題ないってこと？

「あの、一ヶ所だけいい？　直しが一日しかないのはちょっとキツくないかな。いつも二日はかかるでしょう」と、進行表を指し示す。

「大丈夫です、クリエイティブもそう言ってます」

「一日でやるって？」

「私が、話つけておきましたから」

「それならいいけど。あと、プレゼン原稿は？」

「前も言いましたけど、原稿はつくらないことにしてるんです。豊川《とよかわ》さんが、原稿に頼っちゃだめだって。大まかな流れとポイントは頭のなかにちゃんと入ってますから」

「……そう、わかった」

小宮が胸をそらして自分の席へ戻っていった。

一年前に異動してきた三十二歳の彼は優秀で、扱いにくい。あたしのやり方に何かと反発するので、最初の頃は感情的に言い返してしまったこともあった。女性の上司はプライドが高いから反論する部下を嫌うというのを何かで読んでからは、できるだけ友好的に対応するようにしているが、言い争いたくないために、議論しなくてはいけないことまで遠慮してしまう。

あたしは小宮を恐れている。彼は冷静に観察し、あたしが一生懸命上司らしく振る舞おうとしているのを見透かしているような気がする。それはどこか、子供の頃のあたし自身を思い出す。

携帯電話に着信があり、父からだった。廊下に出て電話をするとまた沈んだ声がして、今度は、母の服が大量にあるが母の姉妹や兄嫁に形見分けをしたほうがよいだろうかとたずねてきた。お母さんのことは今度の日曜日にあたしが行ったときにゆっくり決めようよ、とできるだけやさしく答え、だからもう電話しないでと喉元《のどもと》まで出かかるが、やめておく。

第二営業部の部長である豊川が通りかかったので、香典のお礼を言う。あたしが入社した当時は女性社員に人気がある爽《さわ》やかな先輩だったが、今では一人娘にウザいと避けられていることを嘆く、前頭部のさびしいおっさんである。プレゼンが近いという話になり、豊川は「年寄りの冷や水にならんようにな」とにやにやする。プレゼンのときは普段封印しているミニスカート&ハイヒールの勝負スタイルと決めている。エルメス&ルブタン。よくある験担《げんかつ》ぎなんだし、どんなにイタかろうがたまにはそういう格好したいんだからほっといて欲しい。

小宮の上司だった豊川に「小宮のことほめるようにしてるけどまだうまくいかないんですよ」とこぼすと「避けないで話しかけろよ、母のようなあったかーい心でな」

とポンと肩を叩《たた》かれた。

母のような、の一言が引っかかる。

中学高校でバスケット部に所属していた頃から、先輩とつきあうのは楽だったが、後輩にはどう接していいのかわからなかった。尊敬できる先輩には仰ぎ見るようについていき、尊敬できない先輩には嫌われても平気だった。だからこそ、後輩には、相手がどんな人間であっても嫌われたくないと思ってしまう。それで力が入り、懸命に厳しく教えたり、一方で友達のようにやたらと話しかけたりして、でも気がつけば他の子のほうが後輩と仲が良いのだった。

三十代で課長になったときは、部下の顔色ばかり窺《うかが》っていた。中途入社の男性の部下が遅刻したり残業を拒否するのをあまり注意しなかったら、チームを組んでいる几《き》帳面《ちょうめん》な女性の部下から疎《うと》まれ、彼女が上に異動を願い出て別部署に移った。それだけでもショックだったのに、なぜかあたしがいじめて追い出したと噂《うわさ》されたのは、つらく苦い思い出だ。

あたしは人を育てるのに向いていないのではないか——それは長い間、胸のなかにくすぶっている。

若い頃は自由がなくなるから結婚も子育てもしたくなかった。が、年をとるにつれて、おのれの自由ばかり求める人間ってかっこ悪いんじゃないかと思い、子供を育てるとはどういうものか単純に興味が湧《わ》いた。それで結婚も子育てもしてみようとしたけれど、結婚に失敗し子供もできなかった。母は、そんな娘のことをどう思っていたのか。もはや聞くことはできない。

会社のフロアを回り、葬儀関係の挨拶や仕事の連絡をひと通りすませて席に戻ると、佐久間から再びメールが届いていた。またしても母の死の乗り越え方についての長文で、何とも対応に困った。この話題はもう終わりにしたいということを暗に匂わせつつ、不快感を与えないような文面を考えあぐね、電話をしてみたら、簡単なやりとりで終わった。単なるメール好きなのかもしれない。

夕方までに父から何度も電話があった。一度も出られず、留守電を聞くと、母の知人という何とかさんがご焼香にいらしたが知っているか、墓地のセールス電話があった、今度来るときに印鑑と印鑑証明を持って来て欲しい……。仕事がひと段落したところで、大きく深呼吸してから電話する。

「ああ香穂か。昼過ぎに、絵手紙の会にいたことがある原田さんて人が、和代《かずよ》さんに生前すごくお世話になったって大きな花を持ってきて……」

電話しなかったことを責めたりはしないが、しゃべりたかったことをこちらにおかまいなく話し続ける父は、母の死でどこかタガがはずれたかのようで、がっかりする。ひとつひとつに返事をしながら、そんな父を重く感じる。

「悪いんだけど、仕事が忙しくてなかなか電話に出られないの。何かあったらメールして。電話は毎日、あたしのほうからかけるから」

「そうか、それならいいけど。もう、やらなきゃいけないことがいっぱいあって」

「急ぐことないし、あたしも手伝うから。それより、疲れがでる時期なんだから、無理しないでね」と電話を切った。

マンションでは、三匹の猫が玄関で待ち構えていた。雄の兄弟である茶毛のココとパコ、一年半前に来たばかりの三毛猫、雌のニナだ。コートも脱がずに台所へ行くと、ダダダッとついてきて、それぞれの鳴き声であたしの足の脛《すね》にすりすりと体をこすりつける。三つの皿に餌《えさ》を入れ、ガツガツと食べるのを見ながら水を替える。仲良く並んだ三つのこんもりした背中を見ているだけで、幸せな気持ちになる。

メゾネットの二階へあがると、階段を昇りきったところに痩せた真っ白の雌猫、イヴが待っていて、一声ニアアと鳴く。壁に備え付《つ》けた吊り棚から腎臓《じんぞう》病用の療養食を出し、廊下に置いた皿に入れる。イヴはすりよることもなく、餌もゆっくり食べる。

今日は食欲があるので安心する。寝室に行き、着替えとメイク落としを終えてから、自分で毛づくろいができなくなっているイヴのブラッシングとマッサージを念入りにして、一緒の布団で寝る。何度も電話してきた父を思い出して同居のことを考えるが、この住まいに馴染《なじ》んでいる猫たちに引越しを強いるのはつらく、特に病気持ちの老いたイヴには酷だと思う。

四匹はすべてもらい猫だ。里親に申し込んでも、独身でひとり暮らしと伝えれば断わられることが多かったため、友人のつてで、独居の老女が飼えなくなったという成猫のイヴを引き取った。次にジャンというオス猫を引き取ったが、二匹の折り合いが悪くて仕方なくジャンを他の人に託し、二匹で飼われていたココとパコを引き取るときにこの部屋に引越して、イヴだけ二階で飼うことにした。子猫のニナを迎えたときは、ココとパコのテリトリーに徐々に慣らし、今は三匹仲良く暮らしている。夫との結婚生活が続いていたら、猫は飼っていなかっただろう。

広告プランナーである一つ年上の元夫とは、クライアントのパーティで知り合った。酷薄そうな切れ長の目でトム・ブラウンのスーツがよく似合い、あたしの一目ぼれだった。南麻布に住み、デートには必ず話題のレストランに行き、毎日四時間だけ寝て働く人だった。結婚すると、気取りすぎるところや亭主関白すぎるところが気になったが、二人で暮らす喜びは大きく、安心感もあった。猿や狸《たぬき》が出没するような九州の山深いところにある彼の実家に行けば、義父があたしの名前を呼ばずに「嫁さん」としか呼ばないのも、いっとき我慢すればいいことだった。

バイクに乗った彼が交通事故に遭い、大腿骨《だいたいこつ》骨折で半年入院したときは、どんなに忙しくても毎日病院へ通い、退院してからはリハビリのトレーニングを助けた。あたしは初めて世話を焼いたり尽くしたりすることの快感を知り、夫が自分の子供であるかのような心持ちにもなり、夫婦の絆《きずな》がさらに深まったと感じた。しかし二年後、彼は同僚の二十代女性と深い仲になる。離婚したいと切り出されてあたしは今思い出してもぞっとするような半狂乱状態になった。離婚と失恋は全くべつものだった。夫を失うとは、自分のつくりあげた世界の一部をごっそり奪い取られることであり、自分をやわらかく支えてくれる過去と未来を、あたたかく守ってくれる恋人と家族を、いっぺんに失い、裸でひとり放り出されることだった。体の一部分をもぎ取られ、自分自身が壊れてしまうような、激痛と恐怖だった。

夫は、子供はいなくてもいいという考えで、あたしは子供を産んでみたい一方で子供を持つ不安が消えなかったから、不妊治療に踏み切れなかった。それと離婚は関係ないと夫は明言したが、あたしは嘘だと言い張った。若い浮気相手に、女としての魅力で負けたのではなく、母になれなかったから負けたのだと決めつけることでプライドを守っていたのだが、それは自分を余計、みじめにした。

絶対離婚しないと言い続けていたある日、猫を飼っている女友達のところへ遊びに行った。二匹のうちの太った一匹がなぜかそばに寄ってくる。あたしの膝《ひざ》が平らになるやいなや上に乗り、とぐろを巻くように横になった。みっちりとした暖かくて柔らかいキジトラ柄の毛を撫でているうちに、夫や浮気相手の悪口を言いたくなくなり、撫でているのは猫のためなのかあたしのためなのかわからなくなり、いつのまにか泣いていた。もう無理するのはやめようと思った。

夫と別れ、三匹の猫を飼うのに慣れたところで、ニナを子猫から育てた。捨て猫だったニナは人になかなか慣れず、目を離すとすぐに料理をくすね、外出中にカーテンをぼろぼろにしたり、新品のセリーヌのバッグにおしっこをかけて、あたしは何度ももう無理だと音を上げそうになった。でも辛抱強くしつけるうちにここが我が家だと落ち着いたのか、少しずつ懐《なつ》くようになった。大抵の病気やトラブルにもあわてなくなり、動物病院に行けば「ニナのお母さん」と呼ばれるのにも慣れた。でも、猫のトラーを飼っていた金井美恵子と同じように、自分を猫たちの「お母さん」だとは思わない。子供がいないことを猫で埋めているとは決して言いたくないし、言われたくもない。

横になっていたイヴが立ち上がり、部屋の隅に置いてある猫トイレに向かう。おしっこの回数が増えたので、廊下だけでなく寝室にもトイレを用意してある。よたよたと布団のなかへはいってくるイヴを見て、やっぱり引越しはできないと思う。じゃあ父がもし認知症になったらと考え出して、眠れなくなる。無理にでも楽しいことを考えようとして、今度S氏と会うときにどんな服を着ようかと六畳の衣装部屋にあるものを頭のなかで組み合わせているうちに、新しい服が欲しくなってネットで買いまくり、眠ったのは四時ごろだった。

＊

飲料メーカーのコンペに勝った。それは非常に喜ばしきことだったが、佐久間のメールに悩まされることになった。

打ち合わせでさんざん話し合った後、さらに自分の考えをメールで送ってくる。時には議論をふっかけてくる。メールでの議論は時間のロスだし言葉の受け取り方でかみ合わなくなることが多いから、とりあえず納得したふりをみせると、勝ち誇ったような感想が来る。少し褒めるようなメールを送ると実にうれしそうで、仕事と関係のないプライベートな話題のメールまでが親しげに届く。朝パソコンを立ち上げ、佐久間のメールが届いているだけで憂鬱《ゆううつ》になった。

友人の武子に話すと、笑い飛ばされた。

「それって、オレをもっと認めてくれ、褒めてくれってことじゃないの。若い部下や同性にはできないから、香穂に甘えてるのよ」

「男と同じように働いているのにそのうえ甘えられるのってしんどいよ」

「男の人っていくつになってもそういうとこあるじゃない」武子はふっくらとした笑みを見せる。

武子はセックススタイリストに紹介された最初の男性から逃げ帰ってきて以来（本人いわく、相手の体臭がどうしても合わなくてダメだった）、宗太郎さんと以前にも増して仲良く暮らしているらしい。セックス以外では、だけど。

年上の男性は頼れる存在であって欲しいという、いかにもありがちな願望があたしにはある。

「下に振っちゃおうかな」

「若い子には格好つけて甘えられなかったりするのよ。そういう面倒臭いおじさんの相手するのが上にいるおばさんの役目でしょ。スナックのママみたいに、適当によいしょしてればいいじゃない」

ママみたいに、と友人にも言われてしまう。

父のところへは毎週日曜に顔を出している。休日出勤も最近は少なく、英会話やゴルフやボイストレーニングなど様々な習い事に手を出した時期もあったが、今は家にこもって猫とまったりするのが一番楽しかったりする。

葬儀後一ヶ月くらいは父がやせて心配したが、近頃は惣菜《そうざい》を買ったりたまに外食もしているらしく、かえって太ってきたくらいだった。洗濯機は回せるが、片付けや掃除は苦手だから、あたしが実家に行くとまず掃除機をかけることになる。父はそんなことはいいから出かけようと急《せ》かす。二人で美術館に行った後、蕎麦《そば》屋で一杯やって帰るのが父のお気に入りなのだ。

昔の会社仲間とは一年に一回会う程度で他に友人もいないから、母がいないと一緒に出かける相手がいない。毎週父親とデートか、としょっぱい気分にもなるが、父が観たい展覧会について行き、実家の近所にある父の行きつけの店で、父がいつも頼む玉子焼きと焙《あぶ》った海苔《のり》で飲む。

「ああおいしい。一人で食べて飲んでも全然うまくないんだよなあ」

「そうよねえ」

「テレビは返事しないし、食事もあっというまに終わるし」

「ゆっくり食べたほうが健康にいいんだよ」

この会話もいつも同じ。けれども、あるとき父が突然、あたしのマンションに行ってみたいと言い出した。引越しして間もない頃に母と来て、騒がしい猫や、壁も天井もショッキングピンクに塗られたトイレを見ても何も言わず、それ以来一度も来ていないのに。

「別にいいけど……どうして？」

「いや、何となく」

タクシーでマンションへ向かい、まずあたしだけが部屋に入り、猫三匹をケージに入れてから父を招き入れる。父はヒョウ柄のクッションの上に座らされると、猫が遊ぶためのダンボール箱や段差のついた猫タワーが部屋を占領し、床に爪《つめ》とぎやおもちゃなどがちらばっている様子を見て、途方に暮れたような顔をした。猫三匹は餌を食べている間はおとなしかったが、終わるやいなや、かん高い声で鳴き出した。

「どうにかならんのか」こらえきれずに父がぼやく。

「ごめんね、しばらくすれば鳴きやむから」

「このアサツキみたいなものは何なの」

父が初めて手を伸ばしたのは、床に置いてあった園芸ポットだった。

「ああ、それ猫草っていって、猫が食べるの」

それを聞いてすっと手を引っ込める。鳴き声をまぎらわせようとテレビをつけると、父は黙って画面を見ていた。

コーヒーを出して父の向かい側に座る。

「ここの家賃いくらだ」

「十四万」

「そんなにするのか」

「駅から近くてこの広さなら格安だよ。古いけど、居心地いいし」

父の視線はテレビの上に向かう。あたしがピスタチオグリーンに塗り、天使が飛んでいる柄のウォールステッカーを貼《は》った壁。いつのまにか猫たちは静かに横になっている。

「離婚したとき、何で家に戻らなかったんだ？」

「えっ？」どういう意味かすぐにはわからなかった。

「……和代は待ってたみたいだぞ」

「どうして今になってそんな話するの。一人で生活できるんだし、子供がいるわけじゃ……」

死んだ母の話が出ただけで、うわっと悲しくなる。そして混乱する。

仲のいい両親に対して自分は離婚した引け目があるから、親に離婚の話をされるのがいやだった。実家に戻ればと言ったことなどこれまで一度もないのに、もし家に戻っていれば今頃は父と娘ですんなり同居しているのにという、父の本音が透けて見えるのが腹立たしかった。和代は待ってたと母にかこつけているのもいやで、でも本当にそうなら、母はなぜあたしに打ち明けてくれなかったのだろう。

一方で、老いた親のいる実家に戻ることなど全く思い浮かばなかったのは、我が身のことしか考えていなかったからであり、母が急死した今になって一緒に住めばよかったかもと思う自分が情けない。子供が、と口にした途端、子供ができなかったことをあたしのいないところで両親が嘆いていたのではないかと想像して、いたたまれなくなる。

「とにかく、今は仕事が忙しいから一緒に住めない……あたしはお母さんの代わりになれない」

「代わりになれなんて言ってないだろ」珍しく怒りをあらわにする。

「お父さんのことは大事に思ってる。でもそれだけじゃ足りないってことでしょ」
父はコーヒーを飲み終えると、何も言わず帰ってしまった。
次の日に電話をしなくても父からは何の反応もなく、気まずさとおっくうさでそのまま電話しなくなり、次の日曜日も実家に行かなかった。

S氏にメールしてホテルで会った。母の死を話すつもりはなかったのに、体がほどけると気持ちまでもほぐれるのか、ぽろりと口から出た。彼は立ち入ったことは聞かず、横になった体勢のまま、あたしの汗ばんだ白い腋《わき》の下にまわした左手に少し力を込めただけだった。それで充分だった。

S氏は一年前に紹介された、ＩＴ企業に勤める三十九歳のサラリーマンだ。今どき珍しく髪を七三に分け、ごく普通の銀縁のメガネが不思議と良く似合い、知的でさっぱりとした外見とは裏腹にセックスは濃厚だった。セックスがものすごく好きなのにそれが顔に出ていない男というのは、よくいるのだろうかそうでもないのだろうか。ベッドではやさしくてそれ以外では冷たいわけではないが淡々としていて、恋愛関係ならやりきれないがセックスだけの関係ならもってこいだった。それで何度も会うようになったが、二人の関係を前進も後退もなく現状に留まらせ続けるというのは、感情に大きな抑制が必要なのだった。彼はそんな感情すら湧いていないように見えた。

あたしは過去に紹介された男たちを、どんな男であれ、思い出すことはなかった。そうすることで、無意識に、自分を守っていたのかもしれない。けれどもS氏の場合はあえて思い出さず、彼について考えないようにした。すると、彼と会ったことがすべて無かったことに思え、そんな自分が空恐ろしくも感じられた。

帰り際、S氏が携帯電話の番号を教えてくれる。今まではメールアドレスだけだったので、若い女の子みたいに舞い上がってしまった。そして帰り道が一層さびしくなった。痛くて苦しくて、でも快感だった。ならばもっとそれを味わおうと、家に帰ってからも、彼の表情やしぐさや言葉を反芻《はんすう》し、これからどんなふうにつきあっていくかを想像することを初めて自分に許した。翌朝もその余韻は残っている。早めに家を出てカフェに入り、彼の出勤時間帯を見計らって昨日のお礼がてら電話した。あの、とがることも大きくなることもなく、節度を保ちながらどこか軽やかでやさしい彼の声を、電話越しに初めて聞けるのだと思うと胸がきゅっとなった。

もしもし？……はい、と聞こえてきたのは、落ち着いた女性の声だった。あたしは絶句する。

「Sの妻です、夫が携帯電話を家に忘れて……勝手に出てしまってすみません」ひどく恐縮している様子で、かえって怖くなり、すぐに切ってしまった。

折り返しかかってくるかと身構えたが、電話は鳴らなかった。いずれにしろ、夫の携帯電話に、知らない女から家にいない時間を見計らうかのように電話があって、何も感じない妻などいるはずがない。

S氏に迷惑がかかる——それが何よりも痛恨だった。あたしは〝寂しさの釣出しにあって〟自滅した。もうこちらから連絡することはできず、会社に行かなければならないのに席を立てなかった。奥さんから会いたいと言われたらどうしようか、万が一彼が離婚することになったらあたしも慰謝料を請求されるのかなどと思い、因果応報という言葉が浮かんで泥水を飲んだような気持ちになった。

鬱々とした気分のまま会社でデスクワークをしていると、小宮が出来上がった新製品のパンフレットを持ってきた。これからクライアントへ納入するものだ。何度か大きな変更があり、やっと完成したかと眺めていると、急に体が固まった。

「小宮さん！　ここ」

パンフレットの表紙の一箇所を指さす。

「カフェのeの上、チョンがない！　アクセント記号がない！」

表紙の中央に大きく印刷された商品名の肩に、「バリスタ世界一 Andrew Hotman

プロデュースのCaffe Latte」の文字。最初は「カフェ・ラッテ」のカタカナ表記だったのに、最後の最後でクライアントがイタリア語にして欲しいと言ってきたのは小宮から聞いていた。正しくはCaffèだが、どこで見落としたか。

「え……あーっ！」

小宮がくるりと背を向ける。

「どこ行くの」

「クリエイティブです！」

「行ってどうすんの」

「僕は岡田にちゃんと指示したんですよ！　文句言ってきます！」

「待ちなさい！　それは違うでしょう！」

あたしの剣幕に部内の空気がはりつめた。小宮は体を向け直すが、顔は不快感を隠さない。

「誰がミスしたかの問題じゃないでしょ。クライアントにとってはうちの会社のミスでしかない。営業がすべきことは二つ。一つはすぐにクライアントへ謝りに行くこと。そのときもしあなたが『誰々が悪くて……』なんて言い訳して、先方が『そうかそうか君は悪くないんだね』って慰めてくれる？　そういう人間を頼りになるって思う？

先方から変更の指示を受けたのはあなたでしょう。このプロジェクトのプロデューサーはあなたなのよ」

小宮はふてくされたように黙っている。

「二つ目はこのミスをどうするか。解決策を持ってクライアントに行かないと意味ないでしょ。それは……」

「わかりました、考えます」

小宮は、止める間もなく部屋を出て行ってしまった。

何だあの態度は。

自分の間違いを指摘されたのがそんなにくやしいのか。大したことない奴《やつ》。胸のなかで溜飲《りゅういん》を下げた。

しばらくしても、小宮は戻ってこない。一人どこかで考えているのか、担当の岡田と相談しているのか。のんびりしている時間はないのだ。部下に命じて彼を探すなり呼び出すなりしようかと思うが、さっき叱《しか》った場面を見られた手前頼みにくく、席を立つ。

クリエイティブのフロアをのぞくと、小宮が、岡田の上司である鈴木のデスクの前に立ち、前のめりになって話し込んでいた。

自分でも意外なほどうろたえ、壁際に隠れた。

あたしは、あの鈴木になりたかったのだ。小宮に「じゃあどうしたらいいでしょう」と頼ってもらいたかった。けれど、見向きもされなかった。

叱責《しっせき》されてへそを曲げた小宮がいけないというのは簡単だ。でもあたしが叱った口調には、さとすような思いやりはなく、追い込んで行く優越感があった。いつもそうだ。仕事ができる彼に嫉妬する、懐かないから気に入らない。彼はそれに気づいて反発する。あたしは余計に嫌いになる。それを繰り返してきた。

すぐに、彼を好きになることなどできない。それでも、実力は認めているし、力になりたいのだ。それをあたしがまず行動と態度で示さないと、何も始まらない。

鈴木と小宮が話しているところへ向かう。

「小宮さん、あの件どうなりましたか?」

穏やかに話しかける。小宮は余計な人が来たという顔を見せるが、あたしは笑みを返す。

「立花《たちばな》! ほんっと、もーしわけない!」鈴木が机にがばっと手をつく。あたしは、同期を軽くにらみながら「何かいい案出てきた?」とあくまでも小宮に話しかける。

「岡田すんごい反省してるから。それがさあ、あいつ別の打ち合わせで出かけなきゃなんなくて、俺が代わりに小宮の話聞いてたとこなんだよ」

　年下の男を屈託なく呼び捨てにできる鈴木がうらやましい。あたしもかつてそうだったが、性別や親しさで呼び方が違うのはいけないと、部下は全員さん付けで呼んでいる。

「まず、今から二万部を刷り直すというのは無理だと話しました。特殊印刷の部分もあるし、製本にも時間がかかるので、納期が大幅に遅れます。何よりコストがかかりすぎます」小宮は姿勢を正して説明する。

「じゃあeの上にみんなで点を書き加えようかって言ったの。小宮はね、èのシール貼りしたいって」鈴木が小宮に笑いかける。

「いや、それはもう」小宮があわてて否定する。

「表紙だし、そりゃちょっとありえんわな」

「ええ」あたしは、そんなもの恥ずかしくてクライアントに持っていけないに決まってるでしょ、という言葉を飲み込んで、うなずくだけにする。

「表紙切り取って別刷りしたのを貼り付けるのも時間がかかるし……」

　小宮が自信なげに言うので、

「『切り取る』と『貼り付ける』で工程は二つよね。一つで済むようにするには、『切り取る』より『貼り付け』……やっぱりシール貼りでしょ！」

「えっ」小宮があたしの顔を見る。あたしは自分の家の壁に貼った天使のウォールステッカーを思い出していた。

「この表紙全体に、装飾性のあるシールを貼るってのはどう？　たとえばカフェのイラストが描かれたカッティングシールを貼って、そのシールのデザインのなかにアクセント記号もうまい具合に紛れ込ませて……って難しいか」

「あっ、それだったらさ！」

鈴木が引き出しをごそごそと探してエアメイル用便箋《びんせん》を出し、びりっと一枚はがして表紙の上に置き、鉛筆を走らせる。

「表紙にカバーかけんのよ。こういう透け感のある紙で。そのカバーには、例えば雪が降ってるとか」

「ハートが散らばってるとか！」

「おっ立花、いいねえ。そんな小さな点みたいなものが印刷されていて、そのひとつをeのアクセント記号にすればいいんだ。カバーがけの手間はかかるけど」

「カバーを大至急印刷するだけでいいわね。それにカバーがけなら私たちでもできるし」

「シール貼るより簡単で早いし」

「それなら納期的にもコスト的にもいけそう。しかもオシャレ！」

「俺ってさすがあ」

「それはクライアントのＯＫが出てから。ね」と、小宮に同意を求める。

「えーと、私は……」

「鈴木さんとデザイン案詰めて、すぐクライアントへ行ってもらえるかな」

「あ、俺一緒に行く」

「助かる！　向こうから要望が出てきたら、その場で修正して決めて、即入稿ね。あ、印刷会社に連絡」

「今やります」小宮は神妙な顔つきをする。

「納期はしっかり確認して。二日遅れくらいでおさめたいわね」

「はい、何とかします」

「じゃあよろしく」あたしは帰ろうとする。

「あの、立花さんはクライアントへは……」

「あたしはこれから社内巡り。がんばってね」

ここは小宮の正念場だから、あえて同行しない。最後の言葉にその気持ちを込めたから、彼がもし「逃げ」と取っても、こちらの伝え方が足りなかったと思えばいい。

第二営業部のシマに行って豊川をつかまえ、今回の事情を話す。トラブルを聞くと生き生きしてくる彼は、根っからの広告マンだ。

「おーしわかった。うちの人間に声かけとくわ」

「ありがとうございます。この借りは」

「体で返してもらうから」

「第一営業部、イベント動員でも何でもやらせていただきます!」

あたしは他のフロアも回り、カバーかけの人員を確保する。飲み仲間の同僚や後輩たちに酒おごるからと頼むと、逆に喜ばれた。そんなことしなくてもみんな気持ちよくやってくれるのだけど。

帰宅すると、いつも以上に三匹の猫と遊び、イヴのグルーミングをした。今日、S氏からも彼の妻からも連絡はなかった。それがいいことなのか悪いことなのかわからない。S氏とのことは誰にも話さない。一人でイヴを撫《な》でながら考えると、気持ちが落ち着いて、自分に嘘をつかなくなる。

自分を愚かだと思うがS氏とのことは後悔していない。これからどんなことがあろうとも人に何を言われても、猫四匹は変わらずあたしのそばにいてくれるのだし、あたしは猫たちを食わせるためならどんな仕事だってやってやる。イヴが自分の肉球を舐《な》めながらあたしの手の甲も舐めてくれる。あたしは猫を養いながら猫に甘えることで元気になっている。猫は人間の代わりなどではなく、猫は猫でしかなく、猫じゃないとだめなのだ。

＊

夕方、印刷会社からカバーが届いた。新製品の発売がクリスマスシーズンであることを生かした、流れ星の降る聖夜をイメージしたカバー。会議室に続々と人が集まる。クライアントの宣伝部も応援に駆けつけてくれた。作業が始まると、みな和気あいあいとしゃべりながら、手だけは忙しく動いていく。

「何だか文化祭の準備みたいで楽しいですね」

宣伝部の片山が、黒髪を後ろで一つに束ねた化粧っけのない顔をこちらに向ける。小宮と同年代で、今回のプロジェクトを担当している女性課長だ。

「あっ、わかります！　って、いい気になっちゃいけませんよね。ほんとに申し訳ありませんでした」

頭を下げると、いえいえと笑いながら手を振る。その指先にはピンク色の真新しい指サックがついていた。こういう物をちゃんと持参するところが花形部署でいち早く昇進した女性たる所以《ゆえん》なんだろう。今もクライアント風を吹かすことなく、こちらに気遣いさえしてくれる。

「今日はお子さんいいんですか？」

片山には二歳の男児がいると聞いている。

「母が付き添ってくれてます。すみません、途中で帰らせてもらうことになると思うんですが」

「どうぞどうぞ。もう来ていただいただけで、感謝感激です」

片山はさっと周りを見て人がいないのを確かめてから、顔を近づけてささやいた。

「文字ミスのことを聞いたとき、目の前真っ暗になっちゃいました。ちょっとでも納期が遅れると、宣伝部何やってんだって営業からガンガン突き上げられるんです。でも小宮さんが、私が悪いんです、私の責任で絶対に何とかしますから、って必死に訴えているのを聞いて、何ていうか、すっと納得して、じゃあ私たちも何とかしなきゃってすぐに気持ちが切り替えられたんです。……あの、小宮さんって頭の回転速いしオシャレだし、ちょっととっつきにくいところがあったんですけど、こんなに頭下げてがんばってるんだなあって、見方が変わりました」

小宮が認められたのが自分のことのようにうれしくて、その気持ちにまったく嘘がないことに驚いた。小宮を探すと、あたしたちから離れたところで黙々とカバーをかけている。彼からの報告や連絡は密になったが、まだ気軽に話しかけてきたりはしない。

佐久間が自社製品の差し入れを持ってあらわれ、手伝いますと背広を脱ぐ。この宣伝部の人たちの協力的な姿勢は、上に立つ佐久間によるところが大きいのかもしれない。気がつくと、豊川が佐久間に駆け寄り、今回のミスを詫《わ》びてくれている。他の社員たちが差し入れのお礼を言い、それだけでなく、この商品はどうしてコンビニで見かけないのか、御社のあの商品は口の部分がちょっと飲みにくいなど、お客様の声をお届けしまくっている。あちこちから聞こえる笑い声。人と人が交わり、助け合ってひとつのことを成し遂げる楽しさ。仕事っていいな、と思う。

終電で帰るぞ！　という佐久間の掛け声でラストスパートがかかり、日付が変わる前にすべてのカバーかけが終わった。思わず全員が拍手し、握手しあって解散した。

第一営業部のメンバーだけはその後も発送の準備をした。

家に帰る深夜タクシーのなかで携帯電話をチェックすると、S氏からメールが届いていた。

——もう会うことはありません。今までありがとう。

彼らしいあっさりした言葉。奥さんとはどんなやりとりがあったのか知るよしもないが、たぶんそれほどの大事には至らなかったのだろう。そしてあたしとの関係もそれほど大事なことではなかったのだろう。

失ったのは恋やセックスというより、もっと漠として深いものだと感じるうちに、悲しみよりも冷え冷えとしたものが広がる。その冷たさで心がうまく動かなくなることが今はかえってありがたいと苦く思いながら、動かない心をそのままにしている。年をとるとは、失い続けることに耐えることなのだろう。母の死もまだ、あたしのなかで手つかずのままだ。

それでも、あの会議室の光景を思い出せばほのぼのとあたたかいものが灯《とも》り、ささやかだけど慰められる。窓の外には紅《あか》く色づいた葉が散り終えようとしている桜並木が見える。あたしのなかの秋という季節も終わったのかもしれない。これからやってくる寒い冬をひとりでどうしよう。セックススタイリストは、もういい。ああ早く猫たちに餌をやらなくては。冬のことは冬になったら考えよう。

翌日、パンフレットが無事納品できたことを確認した後、小宮とクライアントへ改めて謝罪に向かった。応接ブースで待っていると、佐久間や片山と共に、四十代前半のひょろっとした宣伝本部長の成田がやってきた。小宮がこのたびは……と話を切り出すのを遮って、成田がいきなり怒鳴った。

「おたくの会社、一体何やってんだよ！　納期が二日も遅れてこっちにどれだけ損害あたえたのかわかってんのか。このペナルティどうするつもりなんだ！」

昨日の和やかな共同作業が念頭にあった小宮は、こんな展開になると思わなかったのだろう、青ざめた顔になり、こちらに不安げな視線を送ってきた。

「大変なご迷惑をかけ、誠に申し訳ありませんでした」

あたしは立ち上がり、頭を九十度以上下げて詫びた。小宮もあわてて立ち上がり、同じように頭を下げる。

「あやまって済む問題じゃないんだよ。それなりの誠意を見せるのが本当の謝罪だろ」

成田は具体的な見返りを求めているのだった。しかしそのことには触れず、何度迫られても善処しますを繰り返した。「君、何年この仕事やってんだよ」「お飾りの女部長か」といやみを言われてもひたすら頭を下げ、小宮が口をはさもうとするのも制した。「だから電通か博報堂にすればよかったんだ、こんな会社もう二度と使うなよ」という言葉に佐久間が「はい」と返事しても、顔色ひとつ変えなかった。

成田が言いたいことだけ言って出て行くと、佐久間があたしに小さく頭を下げた。彼と飲んだとき、うちの本部長は創業家の親戚筋《しんせきすじ》で、下請けメーカーの管理部門を経て半年前に宣伝部に来たばかり、何もわかっていないのにえらそうにふるまうが、うちの人間は何も言えないのでそこんとこよろしく、みたいなことを聞いていた。成田の異様な剣幕に、片山は驚きと困惑を隠せず、佐久間は苦々しい様子だった。

ミスの代償を求められることはよくあるが、それは全体を通して判断すべきことであり、プロジェクト自体はまだ進行途中だ。しかも新規クライアントであるから、あたしたちがどういう対応をするか、一つ一つが前例となっていく。現場を知らない本部長の恫喝《どうかつ》一つで物事が動くのは望ましいことではないし、もし部長のあたしが本部長に口約束してその場は丸くおさまっても、下の者には不満しか残らないだろう。しかも、成田の目的はひたすら、地位を誇示することだけのように見えた。そんな人物にどんなに罵倒《ばとう》されようが、耐えられるくらいの根性はついている。

さっきまで怒鳴られていたあたしはケロリとした顔で「昨日のカバーかけ会の打ち上げやりましょうよ！」と提案し、佐久間がすぐに手帳を開いて予定を出した。小宮も片山も胸をなでおろしている。日程を決め、そのほかの打ち合わせも終えた後、あたしと佐久間は別室で「成田対策」について話し合った。成田は接待好きだから早いうちに一席設けることで意見が一致した。

　別室から戻ると、小宮と片山が雑談していた。片山が私の上着の裏を見せてくれという。黒のシンプルなジャケットだが、裏地はシルクの虎柄《とらがら》。寅年《とらどし》の白洲《しらす》次郎のものだという虎模様の羽裏をつけた結城《ゆうき》の羽織を見て、あたしは真似《まね》して誂《あつら》えたのだ。

「私が立花さんみたいな女性になりたいって言ったら、小宮さんが、あのファッションセンスは誰にも真似できないって」

「これもね、ツッパリの学ランだとかヤーさんのスーツとかほめていただいて」

と小宮をにらむ真似をすると「『手打ち』のときはこのスーツで気合いれるそうです」と真顔を崩さないから「お詫びに伺うときは責任感と緊張感をもって臨むということです」と微笑《ほほえ》んで訂正する。

「うちのボスはああ見えて相当修羅場くぐってますからそう簡単にはなれませんよ、って自慢されました」と片山が熱のこもったまなざしを向ける。思わず小宮の顔を見ると書類に目を落としながら知らん顔で、決まり悪そうなのがおかしく、じんわりとうれしい。

小宮に初めてボスと呼ばれ、さーっと霧が晴れた気分だ。あたしは母と呼ばれるより、ボスと呼ばれるほうが何百倍もうれしいらしい。

実家に行かなかった次の日曜日、父と国立劇場に出かけた。文楽ならあたしが断ることはないとわかっている父が、チケットを取ったとメールをくれたのだ。ならばと、茜色《あかねいろ》に染めた小花柄の八掛《はっかけ》をつけた路考茶《ろこうちゃ》の万筋《まんすじ》江戸小紋に、母が残した雪持ち南天の黒い染帯で現れると、父は「似合ってるよ」と笑いつつ、さびしそうな表情を見せた。あたしは普段にも増して明るく話しかけ、父にたくさんしゃべってもらおうとした。けれども、父はいつもの蕎麦屋でもあまり元気がなかった。着物を着た母とよく出かけていたから、元気だった頃の母のことをずっと思い出していたのかもしれない。

これまでも父とぶつかったことはあったが、父もあたしも自分からは譲らないから、母が間に入ることで解決していた。老いた父が文楽のチケットを買い、娘に歩み寄ったことは、うれしさよりも気の毒さが先に立ち、なぜあたしからできなかったのかと悔やまれた。

「ずっと電話しなくてごめんなさい」

「いや、いい」

「言い過ぎたあたしが悪かったのに」

蕎麦がきを箸《はし》で崩していた父の手が止まった。

「和代がいたら、どうしていたかなって」

娘が何か問題を起こすたびに、父と母は話し合っていたのだろう。母が死んで、父は、心のなかにいる母に相談していたのかもしれない。

そして、気づく。

あたしも、小宮に歩み寄って話しかけることで、知らないうちに母と同じようにふるまっていたのだと。部下の前ではそうやってできるのに、父の前でできないのは、娘の甘えなのだろう。

お母さんがこれを知ったら何て言うかな――そのとき、母がもういないことが今までになく胸に迫ってきて、時間が止まった。世界が遠ざかった。

もう二度と、決して、母とは会えないのだ。

あたしは初めて、母がいなくなったことを正面から受け止めていた。涙だけが後から後から流れる。何かのサークルの帰りなのか、奥の席に座っているおじいさん六人がずっと大声でしゃべっている。父はあたしが落ち着くまで黙ってお酒を飲んでいた。

そうやってお互いに母の不在をかみしめる。

あたしたちは亡《な》き人のことを思い出すだけでなく、その良きところをなぞることで、その魂がずっとこの世界に在り続けるように努力しているのかもしれなかった。

「お母さんがいなくなって、あたしもお父さんもちょっとしっかりしたかも」

父はふっと笑うだけだ。

「お母さん、お父さんを一人残してすごく心配だっただろうな……」

父の顔を見ながら二つの盃《さかずき》に酒を注ぐ。父は遠くのほうをにらむような顔をする。

それから盃を、見えない涙を、すいと飲み干した。

おじいさんたちが帰った後に店主がやってきて、旦那さん、ガールフレンド連れてきたんだ、こりゃすげえやと思ったら、なーんだ娘さんだったんだ、と笑った。

「そりゃ地味な着物だけど、そんなにおばあさんに見えた？」

「いやあ……若いガールフレンドってことで」

「今度はガールフレンド連れて来る」

父が店主に宣言する。

「そんな人いるの？」

「スーパーでよく会う人に誘われて、来週からシニア料理教室に行くことにした」

「何だこれからか」

「誘ってくれた人は女性だ」

「そりゃいいや、楽しみにしてますよ」

店主が奥へ戻って行く。へえーどんな人？　と興味津々《しんしん》でたずねるが、父は、よくしゃべるおばさん、と一言で片付けた。

少し飲みすぎて、脱いだ着物は明日片付けることにしたが、猫のトイレ用の砂替えはさぼらない。小便で固まった砂を捨てていると、兄から電話があった。二ヶ月後に控えた姪の大学受験の際、実家と私の家のどちらに泊まるかという相談だった。受験会場の下見はあたしが一緒に行くし、実家に泊まれば父は喜ぶだろうけど、本人の判断に任せようということになった。兄は、姪がのんびりしすぎ、義姉がやきもきしすぎでどっちも困ると笑った。それからごく普通に父の様子を尋ねてきたので、あたしと父の間にあったことは知らないようだった。

シニア料理教室の話をすると、いいことだよ、ボケ防止になると喜んだ後、親父ひとりでさびしいんだよと相変わらず同居を遠まわしに勧めるので、だったらお兄ちゃんもあたしみたいに毎日電話すればいいと言ってやった。すると兄は、娘と息子は違うんだとか何とか言い訳してそそくさと切ろうとする。

「ねえ。あたしが離婚したとき、お母さん、あたしが実家に戻ったらいいのに、なんてこと話してた？」

「離婚したとき？　えー、どうだったかな……って、何で？」

「別に。覚えてないならいいよ」

「夫婦のことはその二人にしかわからないことが多いんだから、離婚がいいとか悪いとか、そういうことは言うなと念を押されたけど」

「そう」

「だからお袋も、離婚して良かったとも悪かったとも言ってない」

「うん」

「……死んだお袋がほんとうはどう思ってたんだろうとかさ、考えるときりがないよな」

疲れたような声でつぶやく。兄もまた母を亡くした子供なのだ。日々のなかで、母が生前何を思っていたのかとひとりで考えているのだろうか。

「まあ香穂には何言っても無駄と思ってたのかもしれないけど」

「何それ」

「言わないってことは、お前を信頼してまかせたってことなんだとも思うわけさ」

「……うん」

「だからまあ、いろいろ考えるのはわかるけど、ほどほどにな」

兄はあたしが離婚したことを気にしていると勘違いしていたが、それでも兄の思いやりは心に沁《し》みた。

トイレの砂を替えた途端にニナが大便をして、お尻《しり》に砂をくっつけたまま行こうとするので、つかまえて濡《ぬ》れティッシュで肛門《こうもん》を拭《ふ》いた。

兄もあたしも父も、いつもの生活に戻りながら、母が死んだことで生まれた心の空白を、それぞれのやり方で少しずつ埋めようとしている。そうすることで、離れたところにいても、それぞれの心も少しずつ近づいていく。それでいいのかもしれない。

肉が大好物だという成田の接待は、知る人ぞ知る超高級すき焼き店を選んだ。先方は成田と佐久間、こちらはあたしと小宮だ。

成田はねぎやしらたきや豆腐には見向きもせず、自分の器には肉だけ入れるように仲居さんに命じ、細い体に似合わずどんどん食べては追加を頼んだ。佐久間が肉を遠慮しようとするので、仲居さんが部屋の外へ出たときに引き止め、成田と佐久間には肉を、あたしたちにはそれ以外のものを、あくまでもさりげなく器に入れるようにとお願いする。

「はじめは今川の家臣だったんだけど、その後徳川に仕えて五千石の旗本になったわけ」

成田の話はずっと、自分の一族の自慢ばかりだ。

「五千石！　あの大石内蔵助《くらのすけ》が確か千五百石だったから、裕福だったんでしょうねえ」あたしは大げさに感心する。

「『旗本退屈男』なんてのもありましたよね。天下御免の向こう傷、パッ！」

おそらく何十回も聞いている佐久間が合いの手を入れ、あたしが、よっ、右太衛《うたえ》門《もん》！　西川のりお！　と茶々を入れる隣で、小宮はきょとんとしていた。

たまに話がそれて佐久間とあたしたちで話がはずむと、成田は強引に自分の話題に戻した。あたしに怒鳴ったことなどなかったかのように、広告業界のことは何も知らないので教えて欲しいと愛想よく笑い、それでいて佐久間が広告の話をすれば君はしゃべらなくていいと一蹴《いっしゅう》し、場を白けさせた。それでも佐久間は、成田が気持ちよく話ができるように相槌《あいづち》を打ち、部下としての務めをきっちり果たしていた。こうして苦労しているのを目の当《ま》たりにすると、陰でオレを認めてくれよと甘えたくなるのもわからないではない。

成田のように自分の幼さを隠すことも恥じらうこともなく年を重ねていく人、人に甘えるだけで人生を終えられる人もいるだろう。でも、あたしも佐久間も、自分より幼い人の前では大人としてふるまい、頼れそうな人の前では甘えてみたりしながら何とかやっている。ときに偏《かたよ》りながら、そのときどきで、自分にとって一番いいバランスを見つけていくしかないのだろう。

ふいにアニメの話になり、小宮がガンダムについて話すと成田が自分のスマートフォンの画面をさりげなく見せた。

「アストレイ　レッドフレーム！　しかもガーベラストレートが金！」

「僕ねえ、ＰＧ全部つくったんだ」

「うわーっ、すごいです！」

二人ともガンプラ好きということがわかり、それからはあたしと佐久間を置いてきぼりにしてその話題で盛り上がった。以前はクライアントとつきあうのに必要とあらば、ゴルフでも釣りでも高橋真梨子《まりこ》でも何でもかじったが、今からガンダムは無理、と年を感じつつ、もう現場の最前線にいないことに安堵《あんど》しているのも複雑だった。

店を出る前に成田と佐久間が手洗いに行った、そのタイミングで小宮が話しかけてきた。

「成田本部長が二軒目二人で行かないかって」

「でかした！　とことんつきあってこーい」

小宮があたしの喜ぶ顔を見て、素直に「はい」とうなずく。

「でも、僕の顔が利《き》く店であの人が満足するような店っていうのが……」

「じゃあ、先月女社長と行った銀座の店、覚えてる？」

「ええ」

「有名人よくいるからいいんじゃない？　あたしからママに電話しておく」

「すいません、そうしてもらえると安心です。で、万が一、もう一軒ってことになったらどうしましょう」

「会員制のバーかなあ……場所、後でメールする。暗証番号がないと入れないからそれも一緒に送るね」

「えっ、いいんですか？」

「接待にしか使ってないし、あなたは信用できるから」

「ありがとうございます！」

最敬礼をした小宮が顔をあげる。いつになくうれしそうな顔だった。

成田と小宮がタクシーに乗ったのを佐久間と見送った後、どちらからともなく、はーっと大きく息を吐いた。

「お疲れ様でした」あたしは佐久間に笑いかける。

「いやあ、本部長がガンプラマニアとは知らなかった」

「ほんと、成田さんってお酒ほとんど飲まないし、盛り上がりに欠けてあせったんですけど、小宮がホームラン打ってくれました」

「彼、最初会ったときのイメージとずいぶん変わったよねえ。ひとまわり大きくなったっていうか、いい営業マンになってるよ」

「恐れ入ります」

「上司がいいんだな。片山なんて、立花さんのファンだって僕に言うんだから、ジェラシー感じますよ」

「いえ、あたしは佐久間さんこそ手本にしてます」

お互いをよいしょしながら、夜の繁華街を歩く。ろうそくの灯のような小さなクリスマスイルミネーションが、街をやわらかく彩《いろど》る。

あたしは子供を育てたことはないけれど、部下を育てている。子供を養ったことはないけど猫を養い、子供を甘えさせたことはないけれど男の人を少しは甘えさせたりする。

母になりたい、とずっと思っていた。でもそれはあたしにとって、コドモのようなオトナになりたくない、成熟した大人になりたい、ということと同じなのかもしれない。

「一杯行きますか」佐久間がすっと肩を寄せてくる。

「すみません、今日はこれで」

軽やかに笑ってくるりと背を向け、地下鉄の駅に向かう。小宮が宣伝本部長と仲良くなったのだし、佐久間に甘えられるのはメールだけで充分だ。現場から徐々に離れ、部下に任せる時期がきているようだ。

繁華街が途切れ、あたりが暗くなる。北風がストッキングのふくらはぎをなでるから急《せ》いた足取りになる。歩きながら、そうだ、今度久しぶりに父とすき焼きをしよう、鍋《なべ》はあの棚にあったはず、おいしい日本酒も持っていかないとな、あっ、台所のマットを洗うのを忘れないこと、洗うといえば猫のブラシもそろそろ洗わないとなあ、イヴにはもっと柔らかい毛のブラシを買ってあげたいな、今日は猫たちの爪切りと耳掃除をしよう、そうだ、あたしも週末に髪を切ってもっと明るい色に染めちゃおう、などと考えているうちに、コートの下があたたまってくる。あたしのなかの冬の季節が静かにやってくるのを感じながら、背筋をのばして、あたしはひとりで歩いている。

残欠

「おうちで気軽なパーティーをする時、準備が簡単で豪華な料理のレパートリーがあると便利。料理研究家の藤井恵《めぐみ》さんのおすすめは、ポッサム。ゆでた豚肉を葉野菜で包んで食べる韓国料理です。『みそや香味野菜を加えた汁でゆで、豚肉をジューシーに仕上げることが、一番大切です』と藤井さん。うまくゆでるには、かたまり肉がやっと入るくらいの鍋《なべ》を選ぶこと。鍋が大き過ぎると、肉に水がかぶらず、熱が回らなくなります……」

あたたかい煎茶《せんちゃ》を飲みながら、朝刊の記事をゆっくりと大きな声を出して読む。夫も中二の息子も出かけた後だから、誰に聞かせるわけでもなく、迷惑もかけない。年寄りらしくていい。一人のときは暖房を消しているので、綿入れ半纏《はんてん》を着て湯呑《ゆの》みの温《ぬく》みを指にすりこむ。手の甲を見ると、全体がちりめん皺《じわ》にびっしりと覆《おお》われ、その皺を伸ばしてみたら今度は節くれだったごつごつの指とその皺が目立ち、若い人の手の甲に老人の指が付いているような気持ち悪さが面白くて何度も試してしまう。それも飽きると、また一文ずつ読んで、納得してからまた次を読む。棚にしまわれている片手鍋や寸胴《ずんどう》鍋の大きさを頭のなかで比べたり、豚肉を入れたお湯のてらてらとした薄黄色を思い浮かべる。

「豚肉を切るときは、肉の繊維を断ち切るようにスライスします。豚肉の塊の上面を見ると細かい線が走っています。これが繊維の方向です」

豚バラ肉の厚い脂肪のねっとりとした手触りの後に、無声音、鼻濁音という言葉がふいにあらわれる。無視しようとするが、「断ち切る」「細かい線が」「これが」……もう一度発音してから先を続ける。やっぱり、今でも鼻濁音がうまくできない。

「サラダにするネギは、縦に切って白髪ネギにすると繊維が強すぎて口に触ることも。斜め薄切りだと口当たりが軟らかくなります。ネギを水に入れて手でもんで混ぜてほぐし、辛みを飛ばします。ペーパータオルなどで水気をよくきってください。先にゴマ油であえてから、調味料を加えていくと味がよくなじみます」

台所の光景はもう消えている。読む速度が増し、目が文字だけを追う。無意識に二行先まで見ていることに気づいて、やめてしまう。

食器棚と壁の隙間《すきま》に、立てかけられたハタキが見える。『坊っちゃん』の清《きよ》になろう、と決めた今年の夏から手作りしているハタキだ。他にも、米のとぎ汁でフローリングの床を磨き、新聞紙で窓ガラスを拭《ふ》き、茶がらを玄関に撒《ま》いて箒《ほうき》で掃くのも実践している。

『坊っちゃん』には、清がどのように掃除をするかなど一言も書かれていない。でも、清のようなおばあさんにはハタキがふさわしいと思ったのだ。雑貨好き、手芸好き、エコ好きな女性たちのブログにハタキの作り方が出ていて、そこでは色とりどりのかわいらしいハギレを使っていたけれど、四十二歳の主婦はそういう若い人の真似《まね》をせず、夫が着なくなった肌着を再利用した。

ＩＴ企業に勤める三つ下の夫は、毎朝必ずシャワーを浴びて髪を七三に分け、ジム通いを欠かさず、首まわりが少しでもゆるんできた白い肌着は惜しげもなく捨てる。だからハタキは売るほどある。ワイシャツも白の無地のみ、プロがプレスしたものしか着ない。三年前にこの家に引越したときから利用しているクリーニング店の奥さんは、夫が何とかという韓流スターに似ていると言い、夫のことを根掘り葉掘りたずねてくるのが厄介なのだが、店先で黙々とアイロンがけしている旦那さんの技術に夫が全幅の信頼を寄せているから他の店には行けない。どうも、引越したばかりの頃、毎週せっせと来ていた夫を独身だと思い込んだようで、その後、夫の名前の会員証を提示したくたびれた女に「家政婦さんですか？」とあっけらかんとたずねてきて、妻と答えるのがはばかられるほどだった。妻とわかってからは毎回馴《な》れ初《そ》めを聞かれたが、合コンで知り合った夫から熱心にプロポーズされたなどと打ち明けるはずもなく、ぎこちない笑顔をつくるだけだった。

私立の男子校に通う中学二年の息子は、甘い物が大好きで体は横に膨張し続け、しわだらけの制服でも平気だ。見かねてクリーニングに出そうとしても、しなくていいと言い張る。

清になろうとしている変化にまず気づいたのは、息子だった。

「どうしていつも給食服着ているの？」

アッパッパの上に白いかっぽう着を着ていたからだ。

「これは『かっぽう着』と言って、昔のおばあさんがエプロンとして着ていたものなのよ。ほら、『サザエさん』のフネさんがいつも着てる、あれよ」

「だからどうして？」

「ママは、夏目漱石《そうせき》が書いた『坊っちゃん』っていう小説に出てくる、清になることにしたの」

「……」

「だからね、最近はおやつもかぼちゃの蒸しパンとかずんだ餅《もち》とか、おばあちゃんっぽいでしょう」

息子は、いぶかしげに聞いている。

「直也《なおや》は和菓子も好きだから、そういうおやつは嫌いじゃないと思ったんだけど、だめかしら?」

「……だめじゃないよ」

息子は真面目な顔でそう答え、話は終わった。

彼にとって、母が清になって困ることは、食事のメニューが和風に偏《かたよ》りがちなことだけだろう。とはいえ、焼肉もカレーもパスタもつくるし、手作りのおやつは毎日出している。家計を握る父親が最低限の小遣いしかわたさないのを知っているから「お小遣いがなくて困ってるんでしょう、これお使いなさい」とこっそりお金をあげるし、新しい服などいらないと言われれば「あなたは欲がすくなくって、心がきれい」とほめる。そういうとき、息子はさぐるような目をするが、くすんと鼻を鳴らし、あきらめたような、ほっとしたような顔をした。その後、清という言葉を口にすることもなかった。

化粧をしなくなり、白髪も染めず、どっこいしょ、と言うようになっても夫は何の指摘もしなかった。毎朝、妻を見つめるのが習慣になっているのだから気づいてもよいと思うが、白髪など目に入っていないのかもしれない。妻が働きもせず、日々の買い物以外は外出しなくても、家事をこまめにしているだけで満足なのだろう。

部屋のどこかで、携帯電話が小さく震える音がする。音の出所を探すと、リビングのソファの窪《くぼ》みに夫のスマートフォンが落ちていた。夫が携帯電話を置き放しにしたり、持たないまま出かけることはまずない。いつも夫の手のなかにあるその物体を見ているうちに、夫の体の一部がそこに置き去りにされているような気がした。恐る恐る手にすると画面表示は電話番号だけで、ブーン、ブーンと鳴り続ける音にそそのかされるように、電話に出てしまった。

「もしもし」

抑制のきいたやわらかな女性の声だった。反射的に「はい」と答えると向こうは黙ってしまい、出てはいけない電話だったと気づいた。しどろもどろに謝ると無言のまま、電話は切れた。

夫がかなり前から頻繁に婚外セックスをしているのは知っていた。その証拠を残すようなミスは犯さないし、あえて調べることもないが、セックスをしてきたというのが夫のたたずまいから確かに感じられた。遠いところから帰ってきた人のような明るさと疲れがあった。女性からの電話は初めての遺留品で、形あるものがあらわれたことになぜか安心し、その手触りを確かめるように何度も「もしもし」という声を頭のなかでころがした。

台所の傍にある電話が鳴る。夫からだった。携帯電話が家にあることがわかると、これから取りに戻ると言ってすぐに切れた。

夫が選んだ平屋の一軒家は、駅から徒歩で二十分はかかる。玄関脇《わき》の駐車スペースにはBMW320iがあるが、運転免許をもっているのは夫だけだ。これまで車の運転など考えもしなかったし、今も不便はないが、こういうときにさっと運転できたら良いのにと思う。ふと、こちらからも駅に向かえば少しでも早くわたせると気づき、寝室で日焼け止めをさっと塗る。

鏡台の前には陶片だけが置いてある。

書物や骨董品《こっとうひん》など、モノの一部分が欠けたものを「残欠《ざんけつ》」というらしい。これは割れてしまった古い器の欠片《かけら》――残欠で、夫の実家に行ったとき、捨ててあったのをこっそり拾ってきたものだ。亡《な》くなった義父は旧家の長男で、屋敷には古い器がたくさんあるが、良いものは納戸《なんど》にしまいこまれて普段目にすることはないし、そういうものはたとえ割れても繕いをするはずだから、この器は大したものではないのだろう。

いくつかの破片が裏庭のゴミ箱に無造作に捨ててあり、そのなかで絵柄の残っている一つが目にとまり、持って帰った。

美しい、と思ったのだ。

手のひらよりやや大きい、いびつな菱形《ひしがた》に割れた暗灰色《あんかいしょく》の陶器で、さっと描かれた墨色の草花の一部分が残っている。裏を見ると低めの台があるが、かつて皿だったのか浅鉢だったのか、どんな形でどんな大きさだったのかは想像するしかない。義母に聞けばわかるのだろうが、そんなことはしない。

もし、過去に完全な形のものを見ていたら、残念な思いが先に立ち、欠けたものを寄せ集めてみるような別の執着があらわれたかもしれない。しかし、それは最初から、欠けて、不完全で、役に立たなくて打ち捨てられていたものとして存在していた。だからこそ、見つけたのだ。

この残欠は、日によって見え方が変わる。割れた部分が痛ましくて見たくなくなるときもあれば、その偶然に残った形が奇跡のように光輝いて見えるときもある。みすぼらしくてくすんだゴミにしか見えないときもあれば、力強く堂々と何かを訴えかけているようなときもある。

インターフォンの音がして時計を見る。携帯電話を持って玄関へ出ると、コートを着た夫は一本の髪の乱れもない姿で立っていた。

「ケータイどこにあった？」

「ソファに」

「ソファ？　……まあいい、家でよかった」

夫は心から安堵《あんど》した顔をする。

「國生《くにお》さん、あの」

「どうした？」

「……ずいぶん早かったのね」

「ダッシュしたんだ、また君の顔が見られてうれしいよ」

こういうとき、言葉が返せず曖昧《あいまい》に笑ってしまう。

「タクシー待たせてるんだ」

「ああ……そうよね」

「じゃあ、いってきます」

「いってらっしゃい、気をつけて」

夫はいつものほのかな笑顔を残して出ていった。携帯電話に出てしまったことを謝るつもりだったのに、夫の顔を見ると言わなくてもいいような気持ちになった。じきにわかることだから、何かあれば向こうから言ってくるはずだ。

目の前にいるときのほうが、夫は謎《なぞ》めく。身綺麗《みぎれい》で温厚な男を遠く感じ、どうして彼はいまだに夫婦を続けているのだろうと思う。深い感謝と諦念《ていねん》のなかで、すぐに夫のことを考えるのはやめた。

＊

昼下がりは、毎日判で押したようにぽっかりと時間だけがある。春のような暖かさに誘われて、スーパーマーケットに行く途中に公園へ寄った。

あの「もしもし」の声にもっと動揺していたら、家から一歩も出なかっただろう。不思議なほど心穏やかだ。それは、夫を疑っていないからでも、もう愛情がないからでもない。どんなことがあってもこの結婚生活が続くとわかりきっているからだ。

都内でも有数の大きな公園は、最初とりとめもない感じだったが、今ではこの弛緩《しかん》したような大きさが心地よくなった。少し奥へ入るとひろびろとした芝生エリアがあり、桜の季節は恐ろしく混みあうらしいが、そんなときは近寄らない。天気の良い週末は家族連れや恋人同士でにぎわい、一度だけ直也と来たことがある。

養豚で生計を立てている両親は、子供を連れて散歩したり日曜に公園へでかけるという発想がなかった。だから、子供ができたらそういうのどかな時間をもちたかったのに、直也にはそうしてやれなかった。やっとできるようになったときには、母親と出かけるのを躊躇《ちゅうちょ》する年頃だった。

落葉が始まったイチョウ並木を通り抜け、広場に出る。麦色に変わった芝生が陽射《ひざ》しを吸い込み、淡い青空は音を吸い込む。その間にはさまれた空気がどんどん膨張しているような錯覚が起こるが、そのなかを歩くのはふわふわと気持ちいい。軽い調子で歩いていると、二十メートルほど先にある常緑樹の大木の近く、陽の当たっている芝生の上に小柄な女性がうつ伏せで倒れていた。

あの人も、もしかして――。

気がつくと駆け寄っていた。肩まである髪は明るい茶色に染めてあるが艶《つや》がなくぱさぱさしている。古びた地味な色のダウンジャケットに履きこまれた太めのジーンズを身につけていて、おそらく三十代か四十代。頭のそばには小さなデイパック。

「大丈夫ですか？」

肩に手を置いてゆすると、突っ伏していた女性はむっくりと起き上がった。ちょうど顔があったところにはミニタオルが敷かれていた。

「あの……寝てただけなんです」

彼女はすまなそうに笑いかけた。その顔には、うたた寝からさめたような呑気《のんき》さがあった。すっぴんの肌は血色もよく、頬にタオル生地のでこぼこした跡がついているとはいえ、張りがあった。全身から清潔な香りもする。勘違いは明らかだった。

「ごめんなさい！　何かあったのかとびっくりして……」

「なんでもないんです、歩いたあと、休んでたんです」

消え入りそうな声を聞いて、ますます決まりが悪くなった。

「いいえ、あの、うつ伏せのほうが腰にいいって聞いたことあります、それに、敷物忘れることだってありますよね、芝生にじかに寝転ぶのも気持ちいいですし……」

「そう思います？」

「え？」

「土の上って、気持ちいいんです」

こちらまで気持ちよくなりそうな、澄んだ笑顔だった。こういう表情をする人をしばらく見ていない。自分にとって何が一番楽しいのかをわかっていて、それを伸びやかに味わっている人……。

返事をせずに見つめていたせいか、丸顔の、人の良さそうな女性は困ったように続けた。

「でもやっぱりうつ伏せって異様ですから。それに、一度横になるとあんまり動かないので、あなたのように心配して声をかけてくださる人もいますし、死んだふりしてふざけてんのかって怒り出す人もいますし、スピリチュアル系か何かの儀式ですかってたずねられたりもします」

声を出さずに笑うと彼女も一緒に笑った。

「驚かせてすみませんでした」

「とんでもない、こちらこそ突然起こして失礼しました。お風邪引かないように」

会釈《えしやく》して別れ、遊歩道まで来て振り向くと、女性は再びうつ伏せで寝ていた。奇妙な振る舞いではあるけれど、精神的に不安定な人が醸《かも》しだす不穏な空気は微塵《みじん》もなかった。しかし、女がひとり、人に何か言われても気にせずあのように公園で寝そべるというのは、いくら土の上が気持ちよくてもなかなかできることではないだろう。とはいえ、あたりを見わたせば敷物を敷かずにいろんな寝相で横になっている男の人がちらほらといて、そういう光景を見慣れていれば気にならないのかもしれなかった。今度ここに来たら、彼女の姿を探してしまうかも。でも何となく、彼女はこの辺の人ではないような気がした。ふらりとここにあらわれたような、若くない女性には珍しい、軽やかさがあった。

買い物から帰ると、おやつをつくった。今日は時間がないから簡単にできる大学芋とおちらし。おちらしとは、大麦を煎《い》って粉にした「麦焦《むぎこ》がし」のことだ。以前、駅前で催されていた物産展で『おちらし』と書かれた商品を見かけ、その昔、母がお湯と砂糖を入れて練ってくれた懐《なつ》かしい記憶がよみがえり、すぐに買ってつくってみた。けれども、焦げ茶色をした固めのクリーム状のものをひと匙《さじ》すくって口に入れてから、昔もさほどおいしいとは感じなかったことを思い出した。息子に味見させると「見た目ほどまずくない」と言った。もともと手作りのおやつは何でも食べ、「ごちそうさま」を忘れない。

大学芋に黒ごまをふりかけたところで直也が帰ってきた。週一回の漫画研究会の日と週三回の塾の日は帰りが遅いが、今日は何もない月曜日。幼い頃から漫画が好きで、一緒にブックオフに行ったり、『ONE　PIECE』の好きな登場人物や場面について話もした。

直也は、小学生のときクラスで一番漫画に詳しかったが、ゲーム機を買ってもらえなかったため、友達とつきあうのに「いろいろ大変だった」らしい。それは、中学生になって初めて漏らしたことだった。家に友達を連れてきたこともなければゲーム機をねだったこともなく、母親が自分に関心を示さないときは漫画の世界で時間を過ごし、母がたまに関心を示すときは二人にとって漫画が唯一の安全な共通の話題だった。家族三人の食卓で漫画の話が出ると、夫は和やかに聞いているが、陸上自衛隊の幹部だった父親に漫画を禁止されていたことが影響しているのだろうか、自ら読もうとはしない。

直也はコートをしっかりと着こんで額に汗をかいていた。通りすぎるとき、汗と何かが混じった生臭い匂いが鼻をかすめた。

コップに牛乳を入れ、ごくごく喉《のど》を鳴らしている。汗の玉がすっとこめかみをつたう。かっぽう着のポケットからハンカチを出して拭こうとしたら、いきなり手を払われた。そうされるのは久しぶりだったから驚いて、見ると、怒っているというよりおびえた顔をしている。

「おやつ、直也があんまり好きじゃないものでごめんなさい」

何もなかったかのようにおやつを載せたお盆をわたすと、無言で受け取り、逃げるように出て行った。

三ヶ月くらい前から、避けられている。会話も少なくなっている。おやつもリビングで食べていたのに自分の部屋で食べるようになり、掃除はちゃんとするから部屋に入らないでと言われた。男の子だからしょうがないと割り切ろうとするが、見捨てられていくような不安もある。夫にそれを話すと、君は子供に依存しすぎているかもしれないね、と心配そうな顔をされる。依存という言葉を聞くと体がこわばり、息子に近づきすぎてはいけないと自戒する。父親も避けているのかと思いきや、毎朝一緒に家を出て、特別何を話すでもなく肩を並べて駅まで歩いているという。直也が母より父を頼りにしているのは当然だし、その父が、直也はママのことが昔も今もずっと好きなんだよ、と断言するのだから信じるしかない。

この間、ルソーの『社会契約論』について直也が質問してきたから驚いた、中学二年生は親のことなんて眼中にないんだよ、と言われた。自分の過去を振り返っても、友達や好きな男の子のことで頭がいっぱい、親のことなど気にもかけていなかったけれど、直也がルソーの話題を出したのは、フランスに遊学したことのある父へのサービスだろう。

ドアを開け閉めする音が聞こえる。廊下に出てみると、浴室の灯りがついていて、シャワーの音がした。こんな時間に珍しいが、やはり汗臭いと思ったのか。以前なら平気でなかをのぞいたが、台所に戻って夕食の準備をする。

今年の夏休みが始まった頃、息子の部屋のシーツを替えていると、壁に沿って置かれたベッドとその壁の隙間に薄い雑誌のようなものが落ちていた。抜き取って何気なく開くと、性器が醜悪に強調された男女の裸体が交わる漫画だった。あわてて元の位置に戻して部屋を出た。手をしつこく洗った。

おそらく同人誌のたぐいだろう。中学生なら性に興味をもつのは当たり前だと頭では理解していても、動揺してしまう。息子だけはやっぱり、いやだ。胸が苦しくなる。堪《こら》えきれずに山岡さんに電話した。漫画のことを話すと「健全に育ってるやん。ほっとけばええ」と一喝された。

「俺なんか、その頃もうヤリまくりや」

何と答えていいのかわからない。

「何想像してんねん、ケンカにカツアゲやんか」

「そうやった、カツアゲで弟の遠足代払った、言うてはったね」

「給食代もや。だから毎月せんならん。あんなあ、たまにはこっち来いや。こういうときこそ頼りになるで」

「……山岡さんとこうして話ができれば、それでかめへんのやけど」

「俺かていつまたトンズラするかわかれへんし……まあ、何かあったらいつでも電話しいや」

山岡さんはいつも誠実に対応してくださる。

直也にどう接したらいいのか考えているうちに、「直也は我が子ではない。『坊っちゃん』の清のように、他所様《よそさま》の子をお世話しているのだ」ということにすれば、平静になれるのではないかと思いついた。それなら、彼の内側で萌《も》え立つ性欲も難なく見過ごせるのではないか。そうだ、そうしよう。

清が坊っちゃんにしたように、直也をひたすら信じ、少々気味わるがられても、愛におぼれ、ほめてかあいがろう。そして一瞬でもいいから、あのかあいがってくれる人は「おれの片割れ」だと思ってくれるなら。

そういう思いこそ、依存というものなのかもしれない。

あの小説のエピローグ、坊っちゃんは「もう田舎へはゆかない、東京で清とうちを持つんだ」と言い、二人で満足しながら暮らすが、坊っちゃんが結婚する前に清は死んでしまった。もし清が死なずに、坊っちゃんが妻をもったら、清はどういう気持ちで毎日を過ごしたのだろう。好きでたまらない相手に対してどれくらいの距離を保てばいいのか、いまだにわからない。

平日の夕食は二人で食べる。かれいの煮つけをやめ、豚肉を解凍して串カツを出した。グレーのスウェットセットを着てボディシャンプーの香りをさせた直也が、テーブルの皿を見てごくっと唾《つば》を飲み込むような顔をする。義母の手料理を食べつけていたから煮魚も残さず食べるが、やはり肉や揚げ物はうれしいのだ。湯あがりでほてっているまるく盛り上がった頬がかわいらしい。母の身長を越え体重は二倍以上になっても、顔つきはまだ幼い。ふいに、この子がいる幸せが満ちてきて頬擦りしたくなる。小さい直也を抱っこしていて、何度も頬に唇をこすりつけられたときの、泣き出してしまいそうな喜びを今でもはっきりと思い出せる。

ＮＨＫのニュースを見ながら黙々と食べている直也の横顔は、夫によく似ている。それは義母にも似ているということだ。一時期、それが怖かった。それでも何とか話題を見つけて話しかけ、彼もぽつぽつと返事をするようになり、母と子はやっとここまできた。母子の間に流れる沈黙を自然なことだと受けとめられるようになった。

大皿に盛りつけた串カツを直也はきっちり半分だけ食べた。放っておけば、ひとりで全部食べてしまうくらいだったのに。

「いいのよ食べて」

「もういい……ママはもっと食べたほうがいいよ」

そんなことを言う子ではなかった。

「おいしくなかった？」

「そうじゃなくて」ため息のまざった声を出す。「やせすぎだから」

それでも三年前に比べれば二キロは増えている。

「そうね、でも食べられないのよ、もうおなかいっぱい」

直也はうらめしそうな目を返した。

「ごちそうさま」

自分の食器を持って立ち上がる。

「どうしたの、体の調子悪いの？」

「悪くない」

流し台で食器を洗う。

「ママ、何か気に障《さわ》ること言った？」

返事の代わりに、憐《あわ》れむような目つきをされた。リビングにひとり取り残されてからも、しばらく動けなかった。

直也に嫌われるようなことをしただろうか。思い当たることはない。これまでにした仕打ちならいくらでも思い出せる。

七年前にアルコール依存症と診断された。直也が小学一年生のときだ。それ以前から泥酔《でいすい》を繰り返し体の調子は悪かったが病院を避け続け、アルコール性肝炎で倒れて入院し、やっとこの病気と向き合うことになった。

結婚する前からお酒は好きで、芝居の稽古《けいこ》が終わった後やアルバイトから帰宅すると必ず飲んだ。飲みすぎた翌朝、昨晩の記憶が途切れていることはよくあったが、自分の飲酒に問題があるとは思わなかった。

直也を妊娠してから授乳が終わるまではきっぱりとやめていた。それ以降は好きなだけ飲めると思えば、我慢するのは簡単だった。

飲酒を再開したら、とことんまで飲むようになった。直也の夜泣きがひどくなってからは夫と寝室を別にしたので、夫が寝室へ行くのを待って明け方まで飲んだ。シャワーで酔いを醒《さ》ましてから朝ご飯をつくり、直也を幼稚園に送り出し、洗濯や掃除を終えてから昼寝する。夕方になり食事の準備をしながら少しずつ飲み始め、あとはまた同じ。夫が出張でいないときは子供のご飯だけつくって朝から飲む。幼稚園から戻った直也が一緒に遊ぼうとまとわりつくと、機嫌よく異常なハイテンションでつきあうが、だんだん面倒になってくる。あっち行けと怒鳴る。叱《しか》られて泣く子を部屋に閉じ込めて、近所から苦情がきたこともあった。それからは寝室にこもって飲み、それ以外の場所では飲まなかった。一人でひたすら飲みたいのと、人に醜態をさらさないためだ。特に夫――だらしないことや見苦しいことを嫌う夫には、絶対に知られたくなかった。けれども、酒が切れて夜中に買い出しに行き、家まで我慢できずに公園で飲んで寝てしまい、警察官に保護されてしまった。

夫は、冷静に厳しく注意した。それでしばらくは禁酒したが、またこっそりと飲み始め、終《しまい》にはいかにばれずに飲むかしか考えなかった。直也には、シラフのときは思う存分かわいがり、飲んだくれているときは脅して、酒を飲んでいることを黙っているように強要した。幼かったあの子は、告げ口するどころか、夜ひとりぼっちで黙々とご飯を食べ、酔っ払った母が水が欲しいと言えばコップに入れた水を運び、ふらついてドアに頭をぶつければ急いで駆け寄り「いたいのいたいの飛んでけー」と撫《な》でてくれた。そんなわが子を「うるさい!」と壁に突き飛ばした。

その行為を覚えているのは救いだ。病が深刻になるにつれて、酔っている間にしたことをほとんど思い出せなくなった。もっとひどいことをしたはずだが、たずねても決して言おうとしない。昔のことは話さない。

でもやはり、心の奥底に恨みがあるに違いない。それをつぐなうためには、生涯酒を口にせず、母としての務めを果たし、息子を愛し続けるしかないのだ。

食器を片付けてから、強力粉やボウルを準備して朝食のためのパンをつくる。昨日はロールパン、今日はバゲットだったので、明日はイギリス食パン。無心でパンをこねていれば、たいていのストレスは消えて飲酒欲求は起こらない。毎朝焼きたてのパンを食卓に並べることで、昨日一日飲まずに過ごせたことを喜び、今日も一日飲まずに過ごそうと改めて決意する。夫の毎朝のまなざし――昨晩飲まなかったことを無意識に確かめている――それを向けられたときの申し訳なさと怒りも、すべて消えうせる。息子の癖――鼻をうごめかし、部屋や母親からアルコール臭がしないか確かめている――それにいちいち心がざらつくのを抑えられる。

インターフォンが鳴ったので玄関へ向かう。時計は九時でいつもより早い。

「ただいま」

扉から顔を出す夫からは、何の感情も読み取れない。いつも微笑《ほほえ》んでいるような顔つき。出会った頃は、感情を隠すためにわざとそうしているのだと思っていたが、これがこの人の標準仕様なのだ。怒っていても悲しくても笑顔をつくり、それが骨の髄まで染《し》みこんでいる。常に身だしなみを整えるように、美意識に基づいて、彼は理性的にふるまう。湧《わ》き上がった感情がすぐに顔に出ることが粗野で汚らしいことでもあるかのように、丁寧に清潔にふるまう。それはときどき、ひどく苦しげに、グロテスクに、見える。

「おかえりなさい、今日は暖かかったわね」

廊下を歩きながら、夫はバッグを妻に預け、コートを脱ぐ。

「うん、でも夜はまだ冷える」

またバッグを受け取り、自分の部屋に入る。セーターとチノパンに着替えてから、リビングにやってきた。

「はい、あったかいの」

ソファに座った夫にマグカップをわたす。夫はありがとうと受け取り、ひとくち飲んでハーッとひと息ついてから、微笑と苦笑がまざったようなものを浮かべる。その顔を見ているこちらに気づいて、

「ああ、家に帰ってきたなあって……しかも今のしぐさ、親父そっくりだったから。親父はほうじ茶だったけど」

「それほんとにおいしいの？」

「……味なんてもうわからない」と笑って答える。

通っているスポーツクラブで夜の青汁というのが流行《はや》っているらしく、最近はこればかりだ。夫は酒を嗜《たしな》むが、家では一滴も飲まない。外で飲んだときはメールで連絡があり、そのときは夫を出迎えずに朝まで顔も見ない。彼の体から発せられる酒の匂

いを避けるためだ。酒を飲んでいる人を見ないために、テレビはCMのないNHKだけ、それもニュース以外見ないし、外食もめったにしない。断酒をしている自分自身を信用していないから、神経質なほど酒を遠ざけている。

「来週月曜から北京《ペキン》に行くよ」

「何日間？」

「八日間」

「長いのね」

「うん……まあ、中国の仕事はいま難しいからね」

出張の話をするときはいつもこちらをうかがうような顔をするのに、マグカップを持ったまま考えごとをしている。夫は仕事の話をほとんどしないが、日々の様子から最近あまりうまくいっていないことだけは察せられる。

「僕の携帯電話、鳴っていても出なくていいからね」

仕事の話の続きみたいにさりげなく言う。夫はこれまでも、会社で昇進したという善きことも隣人から妻の泥酔で苦情を訴えられたという悪《あ》しきことも同じように、会話の流れのなかでふと思い出したかのように語った。

「ごめんなさい。自分でもどうしてそんなことをしたのかわからないの……悪かったわ、もう二度と出ない」

「うん……君がこういうことをするなんて意外だったから……」

「電話に出ただけよ、他に何もしてないわ」

「わかってる。もういいんだ」

二人とも、携帯電話にかけてきた女性については触れない。夫がその女性について何か一言でも言ってくれないかと期待するが、夫は夕刊を広げ、それ以上話す気配はない。追及しなければ何もなかったことになり、また平穏な日々が続く。

夫が家の外で女性と何をしていようが、とやかく言える資格はない。

かつて、眠る以外は飲み続けるだけの毎日を繰り返し、窓ガラスに倒れこんで血だらけになったり、ベッドで寝ながら嘔吐《おうと》したり、失禁して廊下で倒れていたりしても、夫は黙って介抱した。軽蔑《けいべつ》されてすぐに放り出されると思っていたのに、どういうわけか、辛抱強く世話を焼いた。昔、夫が初めて実家を訪問するというずっと恐れていた場面で、実家の隣にある畜舎からは懐かしくも厭《いと》わしい豚の糞尿《ふんにょう》の匂いが始終うっすらと漂っていたときも、夫は至極平然としていて、それについてたずねても「そういうものでしょ、ブルターニュの農家はもっとすごかったよ」と笑い、夫の意外なたくましさに胸を打たれた、あの感じを思い出した。

精神科のアルコール病棟に入退院を繰り返していたときも、彼は自分の母を説得して直也を預かってもらい、結婚生活を続けた。アメリカの統計ではアルコール依存症の妻をもつ夫の九割が離婚するという。義母は息子に嫌われたくない一心で、嫁や嫁の実家に対する底深い不満を押し隠し、孫の面倒をみた。

実家の両親は盆も正月もなく豚の世話に明け暮れ、膨大な借金を抱えながら年追うごとに苦しくなる養豚業を続けることで精一杯だから、東京でのほほんと生活している（ように見える）娘、男二人女二人の四人きょうだいの三番目にかまう余裕がなかった。昔から、無趣味で仕事だけが生きがいの父は子供に無関心、体が弱いのに父を手伝いながら子育てと祖父母の世話をしていた母はいつも不機嫌で疲れ切っていた。

女優になる夢を抱いて高校卒業と同時に家を出たことを後悔はしていないが、老いていく体に鞭《むち》打ちながら働く親を助けなかった罪悪感があるから、親と向き合うには無理やり自分を奮い立たせるような勇気が必要で、めったに帰省することもなければ電話もしない。向こうからも用事がない限り連絡はない。アルコール依存症になったからといって頼ることなど考えられず、夫もそれを理解しているから、実家には病気のことを知らせていない。

夫だけが、味方だった。溺《おぼ》れてもがいている手をしっかりとつかんでくれる、たったひとりの人だった。早期回復のためには、夫も距離を取り、あえて手を離すべきだったのだろう。でもそのときは、対岸にいる人たちに助けを求めることなど思いも寄らず、濁流のなかを二人でかたく抱き合いながら、破滅の滝へと流されるままだった。ときには岸に近づいたこともあったのに、断酒に失敗——スリップして、また濁流へと引きずりこまれた。さすがに堪えられず一瞬怒りを見せた夫に「ようやく化けの皮が剝《は》がれたわね」「ほんとうは私のことが大嫌いだし死んで欲しいんでしょ」「聖人君子ヅラするのはやめて離婚すればいいじゃない」「あんたは私を助けて、見下して、苦しめられるのが快感なマゾ野郎なの」などと言った、ような気がする。覚えていない。夫がどう返事したかは記憶にない。人を殴るような暴力とは元来無縁だったせいか、夫に手を出すことはなかったが、これが自分の本性なのかとぞっとするほど、酒で言葉の暴力が噴き出した。

夫はひとりで耐え続けた。弱いものを見捨てられないという男の面目だったのかもしれないし、人に弱味を見せるのが下手だったのかもしれない。それにつけこんで夫にしがみついた。口では離婚を言いつつ、別れたら息子も何もかも失うことはわかっていた。結婚して専業主婦になり子供も産み、欲しいものは手に入れたと思っていたのに、夫がいなければそれらはあっというまに消え失《う》せ、残るのはただ、定職も住む所もない中年女なのだった。

夫はどんなに寝ていなくても毎朝シャワーを浴び、プレスの効いたワイシャツを着て仕事に出かけた。帰宅すれば妻の尻拭《しりぬぐ》いをし、暴言などなかったかのように穏やかな態度を崩さなかった。そうすることで必死に自分の望む状態を保とうとしていた。妻を自分の内に抱え込み、一体となることで痛みを麻痺《まひ》させ、それが正常な状態だと思い込もうとした。取り込まれた妻は夫を痛めつけながら、わずかに残っている良心にもがき苦しんだ。互いに息苦しく、憎みあいながら離れることができず、狂気に近かった。

しかし、夫がいなかったら今頃は廃人同然だっただろう。掛け値なく命の恩人である。浮気くらいでその感謝は揺らがない。他の女性とセックスしていることに気づいたとき、この慈悲深い男にも耐えがたき煩悩《ぼんのう》があることを知り、どこかほっとしたのも事実なのだ。

アルコール依存症になってからは酒の問題で手一杯、セックスする余裕などまったくない。だから夫がよそで性的な欲望を解消するのは致し方なしと受け入れている。また、二人がある時期、あまりにも世間から隔絶されてひとつになりすぎたから、またひとりの人間に戻るために、無意識にそれを断ち切るような行為に向かってしまったということも。

「あの女性は、どういう人なの」

夫がゆっくりとこちらを向く。その問いは心外だと静かな抗議をしているようでもあり、たずねられるのを待っていたようでもある。夫の表情を読み取ろうとするのは無駄であり、そんないじましいことをせずに鷹揚《おうよう》に構えていれば心が平らかになれるのに、わずかの動きも見逃すまいと見つめてしまう。

「仕事関係の人だよ、何かあった？」

あらかじめ答えを用意していたかのように落ち着いている。ただ、さぐりを入れるように質問するのは夫らしくなく、二人の女の間に何があったのか気になっているようだ。彼女の声のトーンから分別のある大人の女性だと感じたが、夫が全面的に信用していないということは、それほど親しい間柄ではないのかもしれない。でもわざわざ朝早くに、出勤時間を見計らって電話してくるのだから、相手は夫のことがかなり好きなのではないか。それに比べると夫は平然としすぎているように見える。いや、夫の本心など、わかったためしはないのだ。

「何もないわ……」

どんなやりとりがあったか、正直に話すつもりはなかった。夫はしばらく黙って次に何を言うのかを待っていたが、すっと立ち上がると、手を握ってきた。

「僕は君のことが一番大事なんだ。……ずっと君と一緒にいるよ」

夫の手はとても温かかった。かなしみがこみあげてくる。

「何か焦げ臭くないか」

握っていた手がゆるんだ。臭いを確かめる。

「ほんと……あっ、見て！」

リビングの扉にはめ込まれたガラス越しに、廊下の天井近くが白く煙っているのが見えた。夫がリビングを出て、直也の部屋のドアを叩《たた》いた。

「おい！　直也！　開けるんだ！」

煙は彼の部屋から出ていた。

「直也！　どうしたの！」

夫の後ろで叫ぶ。いきなりドアが開いて、熱い空気が一気に押し寄せた。

「パパ！」

助けを求める直也の声。勉強机の脇にある電気ストーブから炎の柱が立ち上がっている。直也はすぐさま炎に向き直り、布団を叩きつけている。

「下がってろ！」

夫は直也の腕をつかんで火元から遠ざけると、ストーブの上にぶら下がっていた、めらめらと燃えている服を素手で叩き落し、火が移りだした窓のカーテンを引きちぎり、ストーブに毛布や布団を次々とかぶせる。

「水！　水！」

夫の声にはじかれるように台所へ飛んでいく。さっと流し台を見回してから洗い桶《おけ》に水を勢いよくためる。後ろに直也がいるので桶をわたすと、それを持って走り出す。やかん、ボウルなど目につく物に水を入れるが、直也は戻ってこない。それを両手にかかえて持って行くと、直也は風呂場《ふろば》でシャワーを出しながら棚にあるありったけのバスタオルをそこに放り投げ、そのずぶ濡《ぬ》れのタオルをつかんで夫にわたし、夫がそれを炎のうごめくところに叩きつけている。

徐々にオレンジ色の炎は消え失せ、部屋のなかは黒々としてきた。火事は六畳の部屋の半分ほどを燃やして鎮火した。白い煙が充満し、目に刺さる。焦げた臭いが鼻にまとわりつく。山と積まれた布、水浸しの床、白い壁に乱暴に一筆書きされたような黒い煤《すす》の跡。夫も息子も肩で息をしながら消えた火元を見て立ち尽くしている。

「直也、怪我《けが》は？　……あなたも……」

二人を交互に見る。

「僕は大丈夫、パパは？」

「え……」

夫はぼんやりしていた。

「パパ、手、火傷《やけど》してない？」

「ああ」

夫が手を広げる。手のひらが真っ赤だ。

「すぐに氷で冷やして」

台所へ駆け出す。

＊

近所の人が気づいて呼んでくださった消防車が来る前に火は消したものの、消防隊員に事情を説明したり集まって来た近隣の人にお詫《わ》びをしたりして、やっと一段落したときには時計の針は十二時近くをさしていた。

夫は氷水の入った洗面器に手をつけたままソファに深く腰かけ、少しぐったりしていた。救急病院を調べましょうかとたずねたら、たいした火傷じゃない、明日痛いままだったら病院に行くよ、と私や直也に笑ってみせた。夫の前に座っている息子は目をうるませながら、自分から出火の理由を話し出した。

「ストーブの上で制服乾かしてて……ごはんの後で眠くなって……気がついたら、服に火がついてたんだ」

「直也が無事でよかったよ。これからは気をつけないとな」

「ごめんなさい……」

「なあ、電気ストーブやめて、オイルヒーターとかにしたほうがいいんじゃないか」

カウンターにいるこちらに向かって言う。

「ええ。前から電気ストーブは心配だったの」

古い一軒家だから暖房をつけても部屋が暖まるのが遅く、直也が寒い寒いとこぼすので、とりあえず近所のホームセンターで電気ストーブを買い与えたのだった。

「乾燥機使えばよかったのに」

直也に声をかけても返事がない。自分で自分の言葉にはっとする。親に隠れて乾かそうとしたのか。そういえば、昼間はあんなに暖かかったのにコートを着ていて、その下からはへんな匂いがした。制服を汚して、あるいは汚されて、それを知られたくなくて、自分でこっそり洗って乾かした……。

夫の前でうなだれている直也に、今それを確かめていいのかどうかわからなかった。そっとリビングを出て、直也の部屋に行く。

どこから手をつけていいかわからないほど物が散乱しているなかで、それでも久しぶりに眺める息子の部屋に何か変化がないかと見回す。特に増えたものもなければ減ったものもない。延焼を免れたベッドにも変わったところはない。その足元にある一間の押入れの襖《ふすま》がぴったりと閉まっていて、妙に白々として見える。思い切って襖を引く。

上下二段に分かれている上段は、左右の壁につっぱり棒を渡し、下に透明ケースを並べて洋服の収納場所になっている。ひとつのハンガーにしわだらけのシャツが何枚もかけられ、ケースには下着が丸めて突っ込まれている。下段には古いコミックや週刊少年ジャンプが無造作に積んであり、その隅に一抱えほどの大きさのゴミ袋が口をきつくしばって置いてあった。ゴミ袋は二重になっていて中が見えない。手に取るとずっしりと重い。後ろめたさを感じつつ、縛った口をほどく。すえた匂いが立ち上がってくる。

そこには小さなビニール袋でくるまれたものがいくつも入っていた。一番上にあるのを開けると、茶色のかたまりとつぶれた芋……手つかずで捨てられた今日のおやつだった。もうひとつ開けてみると、一昨日出した、直也の好きなバナナを練りこんだドーナツがまるごとゴミになっていた。

「ああ、片付けしてくれてるんだ」

夫の声がして振り向くと、夫と息子が部屋に入ってきた。夫は「壁紙は張替えて、天井はいいか……」とつぶやきながら部屋を点検しているが、息子はゴミ袋を発見されて固まっている。急いでゴミ袋の口を縛り直して言う。

「あなた、悪いけど、直也と二人で話したいことがあるの」

「何？　火事のことなら……」

「そうじゃなくて別のことなの。お願い」

夫をひたと見る。夫は直也を見る。直也は自分もそれでいいという表情を夫に向ける。夫はうなずいて、出ていった。

手作りのおやつを捨てられていることは、夫に知られたくなかった。これは母と子の問題だ。直也はうつむいたまま母を見ようとしない。直也にベッドに座るように言い、その隣に腰かける。

「おやついらないなら、そう言ってくれればよかったのに」

直也は黙っている。

「食欲がないとか、どこか痛くて食べられないとか、そういうんじゃないのよね」

こくりとうなずく。

「直也がママに遠慮してるっていうか、気を遣ってくれるのはありがたいけど、いらないなら正直に言ってもらえるほうがうれしいわ」

むっちりした膝《ひざ》の上に置いていた左手の親指を右手でこすっている。幼い頃から、不安が強いときにする癖だ。小学四年生のとき、義母の家から戻されて家族三人で住み始めると、直也は母親にだけまったくしゃべらなくなってしまっていた。あの頃はまだおやつを手作りしていなくて、買ってきたお菓子を食べた後ひたすら親指をこすっているだけの直也に、毎日話しかけたことを思い出す。

「……おやつ、つくらなくなっても、お酒飲まないでよ」

酒を飲まない時間を何とかやり過ごすためにおやつやパンをつくっていることを、息子は知っている。おやつは欲しくないが、酒を飲ませないために、おやつをつくらせてくれていたということか。

「わかった、約束する」

小指を出した。直也は出さなかった。雄の匂いが強くなっている少年は、かわいらしい小学生ではなく、頬にぽつぽつと髭《ひげ》が生えてきた中学生だった。

「ママの約束はあてになんないから」

うっすら笑いながら言う直也が急に憎らしくなった。夫みたい。

これまでさんざん約束を破られ続けたから、まともに聞く気になれないのだろう。不満を笑みでくるみ、大人のふりをしているようにも見えた。父のやり方を見習えばいいと思ったのか。でも、怒りを素直にぶつけられるほうがましだ。

これまで激しく言い争ったことはない。そのかわり、直也は表情でまっすぐに気持ちを伝えた。また酒を飲んでしまったとき、そんな息子から逃げるように部屋に引きこもって飲んだ。アルコール依存症の人間は自分より弱い人間、甘えても許される人間しか攻撃しないという。成長していく息子は誰よりも強く恐ろしい存在だった。

直也は断酒に協力してくれている。「約束はあてにならない」と笑うけれど、誰よりも約束を守って欲しいと願っているのだ。それがわかっているのに、小馬鹿《こばか》にされているように感じる。酒を飲まないというごくごく簡単なことができない、意思が弱くてだらしない母親、口先だけで信用できない人間だと侮《あなど》られている。

「お酒は、飲まないわ」

馬鹿にされてもいい。それでも酒に逃げたりしない。

「それと、部屋のなか、勝手に見ないでよ」

「ええ、そうするわ」

子供に理解のある母親になってみせる。

「でも……どうしておやつ食べなくなったの？」

直也の眉《まゆ》がきゅっと中央に寄り、こちらをにらむ。

もしかして、手作りのおやつを捨てることで、母に復讐《ふくしゅう》しているのだろうか。

そんなことを面と向かって言われたら、もう酒をやめる自信がない。

「いいわ言わなくて！　言わないで。ママが悪いのよ」

前に住んでいたマンションで、七階のベランダから飛び降りようとした。三年前、直也が小学五年生のときだ。一年半断酒できていたのに、また酒を飲んでしまった。ひとたび口にすればやめられず、焼酎のボトルを全部飲み干し、思考能力がゼロに近いのに一部分だけが妙にクリアで、もう死ぬしかないと静かに覚悟を決めた。ベランダの外壁に足をかけて乗り越えようとしたとき、直也にしがみつかれた。普段はおとなしい子なのに吼《ほ》えるように泣き、こちらがありったけの力で手を離そうとするとそれ以上の力で引っ張られた。下から怒鳴り声がした。遠くからパトカーのサイレンの音も聞こえてきたから、誰かが通報したのだろう。早くしなければとあせり「邪魔しないで！」と叫んだら、ほっぺたをバチーン！と叩かれた。その衝撃で力が抜けると、二人で一緒に仰向《あおむ》けに倒れこんだ。直也が急いで体を起こしたとき、目があった。胸がはりさけそうになるほど、愛されているとわかる目だった。すぐにうつ伏せで覆《おお》いかぶさられ、両手を強く押さえつけられた。直也はすさまじい声を上げて泣いた。ヒトがこんなに激しく吼えることを知らなかった。野生の獣が世界を震わせているようだった。目の前には桃色の淡い光に満ちた薄暮の空が広がっていて、なぜか、直也が代わりに、この体の内のものを全部吐き出してくれているのだと思った。これまでの自分が小さく消えていく感じがした。直也をもうこんな風に泣かせてはいけない、それだけが残った。

それ以来、息子のために「一日の断酒」だけをこつこつと積み重ねてきた。でもいつまた飲酒するかわからない。アルコール依存症からの回復の目安ともいえる長期断酒——例えば十年間断酒ができた患者は全体の約一割ともいわれている。十人のうち九人がリタイアするマラソンを一生走り続ける自信がない。でもその苦しみを息子にわかってもらおうというのは傲慢《ごうまん》なのだろう。アル中の母のためにほがらかに過ごすはずの子供時代を奪われ、心を痛めつけられ、いつまた母がアル中に戻るかもしれない不安をかかえるマラソンを、母が死ぬまで続けなくてはならないのだから。

「ママのそういうところ、疲れる」

直也はまた薄く笑みをうかべた。

「……どういうこと」

「何でもない。とにかく、おやつはもういらない」

もう話すことはないというように立ち上がり、引き出しからゴミ袋を出して、燃えた残骸《ざんがい》をどんどん袋に入れていく。その後ろ姿が、食器を洗う後ろ姿に重なる。母が酒を飲んで家事を放棄するようになると、自分で食事の後片付けをするようになり、今でも「ママが片付けるからそのままでいいのよ」と言っても、自分の食器は自分で洗う。頑《かたく》ななまでに。

「どこが疲れるの？」

「何でもないって。部屋はひとりで片付けるからもう……」

「ママと暮らすのが疲れるってこと？」

分厚くなった背中に向かって訴える。直也の手が止まった。

「ママは自分のことしか考えてないよね」

平坦《へいたん》な声だったが、一振りの刀でばっさりと斬《き》られたような衝撃だった。

「ママは僕のことを考えているんじゃなくて、僕がいるママの世界について考えているだけなんだよ。でも、僕の世界はママだけでできてるわけじゃないし、僕はママと関係ないところで毎日生きてる。だから、何でもママが悪いのよって勝手に決めつけられると、すごく疲れる」

直也は振り返り、ぼんやりとしているこちらをちらと見た。

「ママは悪くないよ。お酒飲んでないんだから」

きっぱりと言って、それからまた背中を向けてゴミを袋に入れ始めた。

「僕のことはほっといて。もうあっち行ってよ」

直也の背中が大きくふくらんで見える。この子の背中にすがりついて、ただただ泣きたくなった。でもそんなことをしたら「疲れる」どころか、体ごと突き飛ばされてしまうかもしれない。

ふらりと立ち上がり、寝室へ行った。

ベッドに顔を押しつけてじっとする。「自分のことしか考えていない」という言葉が鎌首《かまくび》をもたげるように立ち上がってきた。それを頭のなかでしつこくリフレインするうちに、かなしみがひっくり返って怒りに変わった。

デリカシーのない、えらそうで、わがままな息子。あなたに何がわかるっていうの。確かに、普通のお母さんにくらべたら、酒を飲まないために、自分を少しでもコントロールするために、いやになるほど毎日自分と向き合っている。でもあなたのこともちゃんと考えてるわよ。

心が苛立《いらだ》つと酒を飲みたくなるが、今は飲みたくならない。よかった、前よりもましになってる。

そう確認したら、逆に酒のことが気になってきた。息子に何も言えず、黒い感情を膨らませるくらいなら、ぱーっと酒を飲んで忘れるほうがどんなにいいだろう。相手に言われたひと言をくよくよと悩み、相手を嫌いになりそうなときこそ、明るく良い方向へ導いてくれるのに。

酒は、世界との間に立ちふさがっている壁を一瞬で取り払ってくれる魔法だった。これがあれば、世界と和解できる。嫌いなものがすべて好きになれる。飲めば陽気になり、どんな人とでも気安く話ができて、苦手なセックスも楽しむことができた。

アルコール依存症になり、酒が薬物と同じように、人間性を破壊する恐ろしい毒であることを叩き込まれたはずなのに、いつのまにか酒を恋しく思う。ひどいことをされたのに決して憎めない、今でも忘れられない恋人のようだ。酒とは幸福な記憶で結びついている。

気がつけば、酒がやめられなくなっていた。自分で飲む量をコントロールできない、それは「意思」の問題ではなく「病気」になったということであると医者は説明した。

しかし、禁断症状などの「病気」を治療して退院した後、また酒を口にするかどうかは、最終的に「意思」の問題ではないだろうか。

アルコール依存症という「病気」は再発しやすく、一生治ることはないとも言われた。一旦発病すれば、適度の飲酒という行動が不可能な体になってしまう。十年以上断酒していたのに、たった一度の飲酒で前よりもひどいアルコール依存症に戻ってしまい、体を壊して死んだ人を何人も知っている。断酒を助ける薬はあっても、病気そのものを完全に治す特効薬はまだ開発されていない。今のところ、酒を飲まないという患者の「意思」だけが、生きのびる手立てだ。

七年前から断酒と再飲酒を繰り返し、何度も自分に絶望しながらまた断酒を始め、今まで何とか生きている。その過程で、酒を誘うものはできるだけ遠ざけるしかないと学んだ。酒の誘惑がたぷんたぷんと揺れている外海でどうしても泳げないのだったら、陸の孤島にいるよりしょうがない。

枝豆は見ない、ポテトフライは揚げない。ビールが飲みたくなるから。ジューシーなステーキは食べない。赤ワインが飲みたくなるから。とろりとした刺身は食べない。日本酒が飲みたくなるから。チーズも焼き鳥もモツ煮込みも食べない。飲めばくだらない話ばかりして笑いあった幼馴染《おさななじ》みとは昼にしか会わない。夜、酒を飲まずに楽しく過ごしたとしても、その後で何かが絶対に足りなくて泣きたくなるほど落ち込むから。仕事はしない。どんな単純作業のアルバイトでも、終わった後の一杯がどんなにうまいかを思い出して気が狂いそうになるから。夕方は出歩かない。月は眺めない。山は登らない。温泉は行かない。夜にジャズは聴かない。落語なんか決して聞かない。村上春樹《はるき》や川上弘美《ひろみ》の書いたものは読まない。小津映画は観ない。おせち料理はつくらない。徳利《とっくり》やワイングラスは割って捨てた。ドレスも捨てた。パーティには二度と行かないから。コンサートは行かない。お祭りは行かない。夜に夫と二人で出かけない――。

それらを死ぬまであきらめることにした。他の患者のことは知らないが、このアルコール溺愛者《できあい》は、今のところ、酒と切り離してこれらを単独で楽しむことができないのだ。一生こうして生きるのかと思うと、ときどき爆発しそうになる。いったい何を楽しみに生きているのか。酒をやめることだけが唯一《ゆいいつ》の欲望なのか。そんなときは、すぐにその問いを頭から追い出す。今日酒を飲まないことだけに集中し、「依存症の人間は良い気分でいることにこだわりすぎる」という言葉を唱える。

酒を手放すために、日々の小さな楽しみだけでなく、いろんな欲望を手放した。酒はそれがかなわないつらさから逃げる手段でもあったから、他人からよく思われたい、他人よりも優位に立ちたい、人生で何かを成し遂げたい、といった欲望を手放した。また、自己コントロールさえできないことを思い知らされたから、他者をコントロールしようとする欲望も手放した。完全に手放したわけではないが、それで欲が少なくなり心が軽く楽になったかといえば、空虚さが増すだけだった。

生きたいという欲さえ、色あせてしまった。

子供に幸せな生活を送らせたいとは思うが、それと生きたいという欲が結びつかない。ほんとうはあまり生きていたくない。我が子と同じくらい愛してしまった酒をやめてまで、生きる理由が見つからない。理由がないけれど、死なないから生きている。生きてしまっているからには、あの子を煩《わずら》わせないように、酒を飲まないことだけを考えて一生懸命に生きる。生きることが嫌いなことと、一生懸命に生きることは、矛盾しない。

それをアルコール依存症者のための自助グループで話したことがあった。すると「言いっぱなし、聞きっぱなし」がルールなのに、ある男性が怒り出し、突っかかってきた。自殺は悪、生き続けることが大切という、世の中の大半の人が信じて疑わないお題目を並べるので、思わず「あなたみたいな人、大嫌い」と口にして、喧嘩《けんか》になってしまった。相手に責められたことより、他人にそんな失礼な言い方をしたことにうろたえてしまい、そのグループから離れた。山岡さんだけは「死にたかったら別に死んでもええやんか、一生酒が飲めない不自由に耐えてるんやから、死ぬ自由くらい残しとけや、って俺は思うわな」と言ってくれた。

山岡さんに電話しようか。逡巡《しゅんじゅん》しながら、何をどう話そうかと考えるうちに、自己嫌悪に襲われる。急いで台所へ行き、冷蔵庫から炭酸水を出す。シラフで自分と向き合おうとすると息が苦しくなる。じっとしていられない。立て続けに二杯あおる。夫が心配そうに見ているが無視する。息子にあなたの言ったことは正しいと話したい。でもできない。もしこれがビールなら、コップに一杯くっとひっかければ、息子の部屋へ行ける。わかっている。酒の力を借りないと素直になれない。解放されない。行け、息子の部屋へ行って、母は依存症者という名のナルシストであることを認めろ。直也のことを考えていたはずなのに、いつのまにか、我が身のこと、酒のことしか考えていないと話してみろ。けれどもできない。どうしても行けない。炭酸水のボトルとコップを持って寝室に戻る。イライラする。炭酸水を飲む。お酒が飲みたい。金輪際飲んではいけないのだ。もううんざりだ。酒にばかりとらわれている自分がいやになる。突然嵐のように襲ってくる飲酒欲求に何度も何度も何度も立ち向かわなければならないことに飽き飽きする。

コップを鏡台の前に置く。そこには陶片がある。

ある日、それを見ていて衝動的に窓から投げ捨て、翌日拾いに行ったことがあった。それが、断酒に失敗してまた断酒を始めるという行為を思い出させた。

何の役にもたたないカケラを拾うように、断酒に失敗した自分を拾い上げる。それは、弱すぎる自分、生きることが嫌いな自分を、それでもいいと受け入れようとしている行為なのかもしれない。自分はダメだと追い込んだり、生きることを好きにならなくてはいけないと無理をしなくても、酒を飲まない毎日を一生懸命に積み重ねれば、いつか、自分は変わるかもしれない……。

でも、そのいつかが、まるで見えない。

手に取って見る。

なぜこんながらくたがここにあるのだろう。こんなものを後生大事に持っているなんて、くだらない。すべてが、まったく、くだらない。そんなふうに感じるときは危険だ。酒が飲めない怒りがむくむくとふくらんでいるのがわかる。

陶片の肌を撫でる。直也が親指をこするように、欠けた縁のざらざらしたところに何度も指をあて、呼吸を整える。

ドアをノックする音が聞こえた。夫が来たのだと思い、手のなかのものをもう一度見てから引き出しにしまう。「はい」と答えると、夫がドアを少し開けて顔を出した。

「こっちきてお茶でも飲まないか」

「……ええ」

返事はするが、動こうとはしない。

「何考えているの」

考えていることはひとつだけだ。突然、しまう直前に目にした、陶片の伸びやかな草の残像が蘇《よみがえ》る。

「……どうしたらいい母親になれるか」

「君はいい母親だよ」

この人はぬけぬけと人をほめる。結婚した当初からそうだった。家事に限らず女のたしなみも満足に身につけておらず、お義母《かあ》様だけじゃなくてあなたもあきれているでしょうと言い募ったとき、夫は、君は僕の前でも義母《はは》の前でもちゃんと努力しているのに、その裏表のないまっすぐなところが好きだとすらすら持ち上げた。ほめられていて、追い込まれているような気持ちになった。夫は小言も極力口にせず、きれいな言葉で妻をはげました。喧嘩はもちろん深刻になりそうな会話も注意深く避け、愚痴めいたことははぐらかし、節度とつつしみのある会話を望んだ。そんな頼もしく臆《おく》病《びょう》な家長に従い、守られてきた。これまでも、これからも。

「うそ、直也のことなど考えてないの。酒を飲むこと、飲まないこと、それしか考えてないわ」

夫はおずおずと寝室に入り、そばに来る。

「酒を飲まないというのは、直也のことを考えているからこそだろう？　酒を飲まないことだけ考えていればいいじゃないか」

そしてにっこり笑い、手を握ろうとする。やけになっている妻をあくまでも寛容にいたわる、善人の夫。

「それだけでいいわけないじゃない！」

差し出された手を振り払ってしまう。しかし、夫は微笑を崩さない。周囲に振り回されることなく、心の安寧を保ち続ける修行僧のようだ。妻が断酒のために毎日努力をしているように、彼は、家庭の平和を守るため毎日努力している。

「じゃあまずは一緒にお茶を飲もう。君の好きなアールグレイ淹《い》れたんだ」

振り払った手をまた差し出された。どこまでも、礼儀正しくやさしい。この人のやさしさはどこから湧いてくるのだろう。いまだにわからない。だから信じられない。それがつらい。せめて礼儀正しくありたい。

「……ごめんなさい」

夫の手を取る。

「さ、行こう」

夫に手をひかれ、椅子《いす》から立ち上がる。横を向いた夫の顔が目にはいる。少しも幸福そうに見えなかった。

いつだったか、あなたは幸せかと聞いたら、そういうことは考えたことがないと返された。そんな人間がいるのかと驚いていたら、しかし君の幸せについてはいつも考えていると言われた。そのときは、相変わらず口のうまい人だと呆《あき》れただけだったが、もしかしたらこの人は本気でそう思っているのかもしれない。自分の幸福など考えたこともない頭で、妻の幸福を考えている。それは、自分のことも、妻のことも、何もわかっていないことと同じなのではないか。

足を止める。夫が振り向く。

「ん？」

夫を見る。端正な温顔。ずっとそう思っていたが、よくよく見ると左右の眉の高さも長さも違って、不安定だ。眼鏡の奥の黒い瞳《ひとみ》は感情を持たずモノを映す鉱物のようで、微笑んだように見えて実はしっかりと閉じられた口元は、本心など言ってなるものかという強い意思が感じられる。

「どうしたの？」

「……」

「行こうよ」

おだやかに相手を受け入れているようで、潔癖なまでに相手を立ち入らせないアルカイック・スマイル。この笑顔にずっと苦しんできたのだ。

猛烈に腹が立つ。何か言い返したい。でもさっき声を荒立てて後悔したばかりだ。怒りという感情はいけない。怒るという行為も見苦しく恥ずかしい。これまで、酒を飲んでは自分への不満や不安を夫への怒りに変え、暴言を吐き散らかしていた。そんなことはもうたくさんだ。

怒りを手放さなくてはならない。でもこのまま笑ってお茶を飲みに行くのはいやだ。いつもなら我慢するのが正しいと思えるのに、そう思えない。なぜだろう。自分の感情をうやむやにしたくない。直也のようにきっぱりと言葉にできたらどんなにいいだろう。

この怒りは酒が飲めない怒りだ。それを夫への怒りにすりかえているのだ。

怒ってはいけない。そう思って夫を見る。夫の妻を見るまなざしに嘘《うそ》はない。それなのに、怒りは消えない。しつこくある。怒りがあることが苦しい。この感情をどうすればいいのか。抑えるべきなのか、出していいのか、わからない。こんな簡単なことが、わからない。

「あの女の人、どうして電話してきたの」

何でこんなことを言っているのだろう。

「何?……何だ急に……」

自分でも戸惑ってしまう。夫への怒りがあるとすれば、夫の態度や夫自身のことであって、浮気のことではなかったはずだ。こんな言い方をすれば、浮気で怒っていると思われてしまう。そんなことで怒りたくないのだ。夫が、夫なりのやり方で妻を愛しているのはじゅうぶんすぎるほどわかっている。もっと妻を愛して欲しい、そういうことではないのだ。

「君が気にすることは全然ない。その程度のことだよ」

「気にするわよ、気にするに決まってるじゃない!」

もう歯止めがきかなかった。

「いいとか悪いとかそういうことじゃないの! いやなの! 知らん振りしていればいいってわかってるの、責めたくないの。でもだめなの。いやなの! 気持ちはわかるの。許してるの。あなたは自由なのよ。でもかなしいの！　かなしくてどうしようもないの！　つらいの！」

泣いて夫をぶった。論理的でなく、切れ切れに、愚かしく、無様に、声を上げた。

私は、酒を一滴も飲まずに、感情を吐き出した。

夫は何も言わずぶたれるがままだ。夫が止めるまで、ずっとずっと吐き出したい。もっともっと夫を愛したい。直也の咆哮《ほうこう》を聞きながら、空がどんどん広がっていったのを思い出した。私は、夫の代わりに、夫の体の内のものを吐き出しているのだろうか。夫の顔から笑みが消えて、見たこともないような弱々しくゆがんだ、みずみずしい顔があらわれた。

熊沢亜理紗、公園でへらべったくなってみました

熊沢亜理紗《くまざわありさ》、四十九歳。女性用ウィッグを製造販売する小さなメーカーの営業職をリストラされて無職、独身、ひとり暮らし。結婚歴無し、両親はすでに亡《な》くなり、きょうだい無し、彼氏無し、ペット無し、持ち家無し、貯金ほんの少し。ある意味最悪、ある意味最強。あははー。

社長から首切り宣告を受けた夜、熊沢は部屋でひとり、泣いて泣いて泣きつかれて、あははーと笑ったのだった。

あの日、熊沢は社長に呼ばれて部屋に入ると、応接セットの椅子《いす》に座るようにうながされた。ここで何度も社長と仕事の相談をしたが、椅子など勧められたことはなかった。中年太りというにはふくらみすぎている腹を揺らしながらいつもせわしなく動き回る社長は、熊沢の前に座り、いどむような顔つきをした。

社長の顔を見ると熊沢はいつも「玉ちゃん」と心のなかでつぶやく。それは、友人の松本すみれが以前、「外国の小説を読んでたら『しなびた睾丸《こうがん》みたいな顔』って書いてあって、どんな顔か想像したらこの顔を思い出したんだけど（と言ってスマホで検索して昔の政治家の顔写真を見せた）、この人の孫をテレビで見るたびに、そのふくよかな頬が気になってしょうがないのよ」と言い、その孫と社長の顔がわりと似ているからだった。

怒ったような顔つきのまま、社長は、会社の経営が厳しいという話を始めた。熊沢は、自分が二年前に提案して始めた事業を縮小したいのだろうとすぐにぴんときた。約百人の社員を抱えるこの会社は、店舗を持たず、各地で開催する展示会で、チラシを見て集まった女性たちにウィッグを販売している。しかしここ数年徐々に集客が落ちてきたので、もっと気軽にウィッグを体験してもらえるよう、美容室で委託販売してはどうかと熊沢は考えた。馴染《なじ》みの美容室で髪の悩みを相談する女性は多く、そんなときに美容師がウィッグという方法もあることを紹介するのだ。そして、商品が売れたら美容室に報奨金を出す。

社長はＯＫを出したが、試験的にということで、担当は熊沢と熊沢より年上のベテラン営業女性が二人あてがわれただけだった。彼女たちは新しいことに挑戦する意欲がなく、展示会で派手に売り上げを伸ばしていた中途入社の熊沢の下で働くこと自体不満だったようで、全くやる気がなかった。しかも、いざ始めてみると「ウィッグは美容室の敵」と考える美容師は少なくなかった。そうではない美容師のところには、すでに先行企業のウィッグが置かれていた。

確かに、ウィッグをつければカットの回数や白髪染めをする頻度は少なくなるかもしれない。しかし、部分ウィッグを装着してきれいな髪形をつくるには地毛のカットは欠かせないし、ウィッグのカットを希望する客もいるのだから両者共存は可能だと訴えたが、想像以上に壁は厚かった。

これまで行なった経営改善努力を並べ立てる社長の、いつもは小鼻の両側にある小さな頬の肉の盛り上がりが、今日はしなびるきざしのように少し垂れているのを見ながら、熊沢は早く本題に入ってくれないかなとじれた。冷房がきつい。太いふくらはぎを隠すためいつもパンツスーツとはいえ、その下の脚は素足で足のムレ予防のフットカバーだけだから、下半身がじんわりと冷えてきた。それに気を取られていると、メインバンクからリストラをしないと支援できないと通告された話になり、社長は、五十歳以上の社員を退職勧奨の対象者とする旨《むね》を早口で話した。

一瞬ドキリとし、ギリギリセーフと安心していると「今年度満五十歳以上だから、来年の三月末の時点でということだ」と熊沢の顔を見ないで言った。熊沢は来年の三月二十三日で五十歳になる。

「えーっ、年齢で切るって乱暴ですよ、そういうのは……エイジ・ハラスメントですよ」

「そんな言葉、聞いたことないぞ。まず年齢で線引きするのはどこの会社だってやってることだ」

この時点ではまだ、自分の部下がその対象で、自分がリストラを言い渡す側だろうと考えていた。

「それで……君も早期退職を検討して欲しいんだ」

「私も？」

社長が頷《うなず》く。熊沢は首から上がかあっと火照《ほて》ったのがわかった。

「ちょっと待って下さい。五年前まで、私は売り上げトップテンに入ってました。会社の業績に非常に貢献してきたと思っているんですが」

すぐさま言い返した。

「熊沢さん。ビジネスで五年前なんて大昔のことだよ。過去の栄光を持ち出されても困る」書類を見ていた社長が顔を上げた。「ここ二年の君の売り上げは、自分でもわかってるだろう」

さらに顔が熱くなり、勢い込んで言い返した。

「確かに今はよくありません。でもまだ始めたばかりですし、大手のチェーンとの提携も決まりそうなんです。その話というのは」

「もういい。君の部署は廃止なんだ」

「えっ」

「これは決定事項だから。それにあの部署はこちらがやって欲しいと頼んだんじゃなくて、君が提案してきたことだ。新規事業の失敗の責任を取るって考え方もあるんじゃないか」

熊沢は言葉に詰まった。自分のやった仕事の責任を取らない人間って多いよね、と日頃えらそうな発言をしていたから。

「売り上げの少ない地方は撤退する。展示会営業のスタッフも減らす。製造部門はこれからの技術を覚えられる若い人間しかいらない。もし君が会社に残っても、正直、満足するような仕事はない」

「横山さんや沖田さんもですか?」思わず口にしてしまう。

「ああそうだ」

二人とも熊沢の部下だ。それを聞いて少し安心して、そんな自分はどうよと思うが、もし彼女たちが残るならきっと逆上してしまうのだ。

「社長は仕事の情熱に年齢は関係ない、我が社は人が大事って常におっしゃってましたよね。それと今なさろうとしてることって全然違うじゃないですか。社長は私たちのことを考えてくれる方だとずっと信頼していたのに……」

口が勝手に動いている。やめたくないと粘っても無理だろうとどこかで醒《さ》めていて、でも「わかりました」と簡単に引き下がりたくない。驚きや悲しさやくやしさで頭のなかが混乱しながら、ドラマのリストラの場面に急にポンと放り込まれて演技をさせられているような実感のなさもあり、そのずれが気になりながら焦《あせ》り、落ち着いて考えることなどできず、ひたすら不満を訴えた。

社長は熊沢が話し終わるのを待ってから、「早期退職申込書」と書かれた書類を差し出した。

「申し訳ない。よろしくご検討ください」

社長は熊沢に向かって深々と頭を下げた。しばらくそのままだった。もう何も言えなくなった。

すごすごと社長室を出た。まっすぐ自分の部署に戻れそうもなく、トイレに向かったが、なかに若い女性事務員二人がいるのが見えて、回れ右をした。他の階のトイレに行こうとして、そこにも人がいたらどうするんだと思うと足が止まり、すると、どこにも居場所がなかった。同期で入った仲間もいないし、同じ部署にも他の部署にも気安く話せる人はいない。同年代でリストラの対象になる人の顔が思い浮かぶが、その人に声をかけてお互いの不満や不安を打ち明けあうような気分にもならなかった。

社屋を出て、目的もなく歩いた。まとわりつくような温気《うんき》のなか、寒くて縮こまっている人のように腕を胸の前で交差し、体を支えるように歩いた。冷静になっても現実がうまく受け止められない。スーツのポケットに入っていたスマホが震えて、こういうときに何の連絡かと思えば、通販会社から夏物バーゲンセールを知らせるメールだった。それを見もしないで削除してから、自分にはリストラのことを伝えなければならない人が誰もいないことに気づいた。

とりあえず気持ちを吐き出したいなら、松本がいる。熊沢が二十代のとき勤めていた、前の会社の同僚で、結婚後も勤め続け、お互いの仕事の成果を伝え合ってきた。話をすれば大げさに同情したりせず、さりげなく励ましてくれるのはわかっているが、そうやって気遣われることも今はつらかった。

妻や夫、親や子供に、リストラされたことを言えない人もいるだろう。それに比べたら、養わなければならない家族がいない分気楽かもしれない。しかし、無職になっても自分以外は誰も困らず、誰も本気で心配することはないというのは、自分のことをまず一番に考えてくれる人間がこの世にはいないのだと痛感させられることでもあった。

家族がいないことには慣れているつもりだった。ひとりは心地良いと実感することも多かった。それなのに今、しがらみのある人間が一人でもいて欲しかったと思う。週末のショッピングモールで家族連れが寄り添って歩くのをひとりでぽつんと眺めているあのわびしさが、べったりと背中に張り付いて離れない感じだった。

社長との面談があった日から二週間ほどで会社をやめた。その翌日、コーヒー豆を挽《ひ》きながら「あ、出勤の仕度しなくていいんだ」と思ったとき、心が軽くなった気がした。もうふっきれている。よくあること。今日は何もしないでのんびりしよう。

ペーパーフィルターの真ん中に「の」の字を書くようにお湯を注ぐ。新しい豆なのに粉がこんもりと膨らんでいなかった。無意識に手元が急《せ》いていたらしい。窓を見ると、三メートルほどしか離れていない隣のアパートのベランダに、隙間《すきま》なく干されている大人と子供のものがまざった洗濯物が目に入る。どうせまた働くんだし、お金に余裕はないけれど、気分転換に旅行にでも出かけようかな。沖縄に行きたいな、それより台湾のほうが安いかな、とコーヒーをゆっくりとすする。

パジャマのままで朝のワイドショーを見ていると、公的年金支給額の話題が出て、普段は「またこの話か」と流し見るだけなのに、聞いているだけで何かもやもやしてきてチャンネルを変えてしまう。

もし会社をやめずに六十歳まで働いていたらどれくらいの収入があったかを、無意識に頭のなかで計算し始めていた。それがたいした金額ではないことにするため、その計算に何の意味があるのかわからないまま、二十代から勤めて以来どれくらいの給料をもらってきたのかも計算してみる。だがすぐに、こんなことしなきゃよかったと激しく後悔した。

短大を卒業してデパートに就職し、宝石売り場で二年。その後、もっとお給料が良くなると誘われて宝石の催事屋に転職した。全国各地の催事場で宝石を販売する仕事で、月の半分は出張に出なくてはならず、ノルマはあるし夜は地元の主催者との接待で体はキツかったけれど、あの頃は高額商品が面白いように売れた。海辺の町に行くと、パンチパーマの漁師のおかみさんがバケツに裸の万札を入れて買いに来たこともあった。指輪をするとぱあっと顔が華やぐのを見て、善いものを売っているのだと誇らしかった。仕事が充実し始めた頃、出張中に父が病気で急死した。父母は小さな定食屋をやっていたが、店をたたんだ。

やがて世の中が不景気になり、母がパーキンソン病と診断され、病気が進行して介護が必要になったので仕事をやめた。父が突然いなくなったことが心に引っかかっていて、母のそばにできるだけいたかったのだ。蓄えを切り崩していく生活は心もとなく、空いた時間を利用して菓子工場での梱包《こんぽう》作業やパチンコ店で夜の清掃をして小金を得た。四十過ぎて母が亡くなり、ウィッグ販売の契約社員からスタートして正社員になった。

働くのは当たり前のこと。熊沢はそう思っている。働かずに生活できる人がうらやましくても、そんな生活とは無縁だとわかっていたし、それを求めたりもしなかった。

結婚も子供を産むのも当たり前のことだと思っている。できてないのに。結婚するのは簡単なことではないし、独身や子供がいないことを不幸と決めつけるのは間違っているけれど、それとこれとは話が別で、ただ、するべきことをしなかった、したかったことができなかったことについて、割り切れない思いがある。

亜理紗という名前も気に入っているのに、母が亡くなると「アリサちゃん」と呼ぶ人はこの世からいなくなり、「クマちゃん」「クマザワ」「熊沢さん」などと呼ばれている。

スマホが鳴った。見ると、提携話を進めていた大手美容室チェーン社長の江口《えぐち》だった。一代で社長になった彼は、何かあれば自ら電話をかけてくる。

「リストラされたんだって？」

事実とはいえ、まともに言われると一瞬息が止まってすぐに返事ができなかった。

「……はい、急なことできちんとご挨拶《あいさつ》もできず申し訳ありませんでした」

熊沢が退社の挨拶に行ったとき、江口はアメリカ視察中で現場の担当者にしか会えなかった。今までの交渉がおじゃんになったことへの文句を言いたいのだろうか。

「クマちゃんがやってた事業も撤退だって？　あれ、いいアイディアなのにさ、早すぎたんだよ。これからもっと高齢化社会になるだろ。うちの会社も、そっち向けのサービスが充実した店の展開考えてて、お互いノウハウの交換もできるはずだったんだけどなあ」

「ほんとに残念です」

残念という言葉に少しも心がこもっていないことにとまどう。あれほど熱心だった提携話に未練がないのはどうしてなんだろう。

「これからどうするの？」

「まあ、働かないと食べていけませんから」冗談めかして言った。

「次の仕事は？」

「まだ決まってません」

「そうなんだ。もし時間あるんだったら食事でもしようよ。昼頃、うちのオフィスに来てくれると助かるんだけど」

「ありがとうございます。私もご挨拶したかったのでぜひ」

江口と三日後に会う約束をして、いっぺんに元気が出た。どんなに親しげにつきあっていても会社をやめればそれっきりの人が多いなかで、わざわざ電話をかけて食事に誘ってくれる人が自分にはいるのだ。しかも熊沢がすすめていた事業のことを認めている発言もあり、もしかしたら次の就職につながるかもしれない。

今の気分だったら、松本にリストラされたことを伝えられる。松本には早めに話をしたいと思いながらもその気になれず、かといってあまり遅いといかにもリストラで深く傷ついていたようで、タイミングを見計らっていたのだった。

松本にリストラを知らせる簡単なメールを送った。「ショックだよ〜」と書ける余裕もあった。江口とのことはまだ書かないほうがいいだろう。すぐに返信が来た。

「会社の馬鹿野郎！　と叫びたくなったら連絡ください。いつでも駆けつけます」

大変だったねとか、再就職がんばれとか、そういうことを書かないのが松本らしい。こちらが会って話をしたくなるまで待っていてくれるのもいい。再就職が決まったら、思う存分松本に愚痴を言うことにした。

*

江口は、オフィスのそばにある高級中華料理店に熊沢を案内した。小学生の頃の顔をすぐに想像できそうな皺《しわ》も渋みもない顔は、とても五十代とは思えない。予約してあった個室に通され、江口がランチコースを選ぶ。ビールでも飲む？　と聞かれて、いえ、お酒は飲めませんからと断わるが、江口はグラスビールを注文し、くつろいだ様子で飲み始めた。

「クマちゃんの会社って何年か前はテレビＣＭもやってたじゃない。結構儲《もう》かってんだなあって思ってたんだけど、そうでもなかったの？」

「あの頃はまだ良かったんですけど」

実際は売り上げがじりじりと落ちているなかで、社長が起死回生の大型宣伝に踏み切り、それに対応するため、複数の地方に営業所まで置いたのだ。それらの経費が後々まで経営の負担になった。

「不動産投資とかそういうのはしてなかったの？」

「さあどうなんでしょう、よくわからないです」

江口の質問をのらりくらりとかわす。やめさせられたとはいえ、前の会社の内情を話すことには抵抗があった。

熊沢には苦い経験がある。かつてデパートをやめた後、同じ部署だった女性が誘ってくれてお茶をしたとき、聞かれるがままに、そりのあわなかった先輩社員の悪口をぺらぺらしゃべったら、その女性がそれを全部、当の先輩社員に伝えたというのを人づてで知った。

江口は食べながらも止まることなく話し続け、仕事の自慢話からまた熊沢への質問に戻っていた。

「あのウィッグ、自社開発だからいろんな工夫がしてあるじゃない」

「ええ、それがうち……いえあの会社の売りですから」

「そういう技術とか、材料の調達とか、クマちゃんはある程度把握してる？」

「……営業しかやってないですから、そういうのはわからないです」

大好きな芝エビのチリソースなのに、機械的に口に運ぶ。

「今回の早期退職者のなかに、技術者は含まれてる？」

「はい」

江口はあの会社のウィッグ技術が欲しいのだ。やめた技術者を雇い入れたり、あるいは会社を買収してでも、自分の会社でウィッグ事業を立ち上げられないかと考えているのだろうか。

「クマちゃんさ、そういう人紹介してくんない？」

昔から仲のいい友人に頼むような口ぶりに、熊沢はあきれた。そういう技術者を連れてくる条件で熊沢も一緒に雇うというなら話はわかる。でもこれまで熊沢自身については一切触れていない。

「私は中途入社ですし仕事の大半が外回りで、そういう人と直接仕事をする機会が少なかったのでちょっと難しいです」

江口は、思ったような情報が得られないとわかると、爪楊枝《つまようじ》を口にくわえながら付け足しのように「次の勤め先はやっぱりカツラ業界？」と聞いた。そういえば江口の秘書である富永が、江口は好みの女性の前だと爪楊枝なんか使わないのに、それ以外だとオヤジ丸出しなんですよ、と漏らしていたのを思い出す。

「まだ決めてないです」余裕がある振りをして笑った。

「そうなの？　このご時世、違う業種で再就職は難しいんじゃないの」

「そんなことないと思いますけど」わざと同意しない。でも笑顔。

「いや、甘くないって」

江口は厳しい顔つきで断言した。そんなこと言われなくてもわかっている。無職だけど明るく振る舞うと、不謹慎だというような顔をするのはどういうことだろう。

「オレの友達にも家電メーカーに勤めてて五十でリストラされたのがいるんだけど、いろんなツテあたってもだめでね。それで百社以上履歴書送ったけど面接すらいかなくて、結局介護の仕事しかなかったんだよ。給料は安いし、仕事はきついし、もうしょぼくれちゃって、見る影もなくて」

「でも仕事みつかって良かったですよ」

「年とったらそんな仕事しかないんだよ、かわいそうになあ」

こちら側になることはないと信じている人らしい言い方だ。

「じゃあ私そろそろ」

「まあがんばってね、お元気で」

伝票を持って江口が立った。再就職について少しでも期待した自分が情けなかった。

江口と別れて駅に向かっていると、ノースリーブのブラウスを着た富永がコンビニ袋を下げ、ハイヒールを鳴らしながら向こうから歩いてきた。四十代前半の独身で、江口が独立したときから一緒に働いているスタッフだ。江口がいないときなど、彼女相手におしゃべりすることもよくあった。富永は熊沢を見ると小走りで駆け寄った。

「うちの会社にいらしてたんですか！」

「いえ、江口さんにお声かけてもらったので、外でランチしてました。これまでのお礼も兼ねて」

「……そうだったんですか」

江口は熊沢とのランチを富永には伝えてなかったようだ。江口のアメリカ出張に同行していて会えなかった富永には、退社の葉書だけ出すつもりだったので、何となく後ろめたかった。

「もう会えないんだって残念に思ってたんですよ。あの、私これから昼休みなので、よかったら喫茶店でお茶でもどうですか？」

どうしようか迷ったが、せっかく声をかけてもらったのだし、このまま帰っても家ではひとりきりで、誰ともしゃべらないのだ。会社をやめてずっと家にいたから少し寂しかったのかもしれない。

一緒にカフェ・ド・クリエに入り代金を払う段になると、「いやここは私が」とよくあるやりとりになり、結局富永が払ってくれた。熊沢が「忙しいんですからここで食べてってください」と強引にすすめると、富永はコンビニで買ったサンドイッチをこそこそっと食べ始めた。熊沢は、私ならさもこの店で買ったもののように堂々と食べるのに、かわいらしいなと思った。

「富永さん、いろいろお世話になりありがとうございました」と改めて挨拶をすると「これからどうされるんですか」と聞かれた。喫茶店に行く道すがらも今も、富永はリストラされたことには全く触れず、その気持ちがありがたかった。

「仕事探さなきゃいけないんだけど、この年だから」

江口との会話の疲れをひきずったまま、力なく返事をした。

「独身ってこういうとき、頼れる夫がいなくてつらいですよね」

富永まで暗い声を出す。

「貯金五千万あるからこれからは悠々自適です！　なんて言ってみたいけど、実際は全然ないし」

「……あの、ほんとに貯金ないんですか？」

まともに聞かれてたじろいだ。

「今すぐ生活に困るってわけじゃないけど、老後資金なんてとてもとても」

「じゃあ老後はどうするつもりなんですか？　ひとりぼっちで不安じゃないですか？」

すがりつくような目で迫られた。

「そりゃ不安ですよ」

「そうですよね！」

それから堰《せき》を切ったように話し出した。

「私なんか定期的に不安がぶり返すんですよ。何で結婚できなかったんだろうって、今まで何度も考えたし自分の欠点もわかってるし結論の出てることなのにうじうじと考えて気がついたら一時間くらい平気でたってるし、会社なんかやめたいけどマンションのローンがあるから何としてでも居座るしかないと悟ったら余計に暗くなって、さっさと医者と結婚して専業主婦になった友達が毎年海外旅行に行ってる話聞くとイラっとするし、老後資金は最低三千万必要だからって毎日ケチケチお金を貯《た》めてるとおばさんじみてくるし、でもスーパーで特売のカップラーメン買いこんでる髪の毛ぼさぼさのおばあちゃんを見るとああはなりたくないからほんと早く死にたいって思うし、かといって今から新しいこと始めたらとか彼氏つくればって言われても、そんなことはとうにやってうまくいかなくてここまできたんだから私はマイペースで生きていくんだって自分に言い聞かせてもどこかむなしくて毎日楽しいことなんかなくて、夜になるとひとりでに涙が出てきたりするんですよ」

「ああわかります。でも、無職の私より全然いいじゃないですか」

無職という言葉を出すと富永はどきっとした顔をしたので、ずるかったかなと思う。

「会社に残ってても大変ですよ。ほら、江口は若い子好きだし、そういう子に替えられたくないから、ものすごい量の仕事押し付けられても黙って残業したり休日出勤したりしてんです。もう部屋はぐちゃぐちゃだし、深夜営業のスーパーで残り物の弁当買ったりして、こんなんじゃだめだってわかってても、若いときの体力はないから時間があったらとにかく休みたいんです。そういうときに『小さな幸せをみつけて毎日を丁寧に暮らしてます』みたいなブログ読むと、元気があるときはケッとか思うだけなんだけど、心が弱ってるときはそのブログにイヤミな書き込みしちゃったりするんです。病んでますよねえ」

負けじとダメをさらけ出す富永は気遣いしすぎる人なのか、もう仕事のつきあいはないからふっきれたのか、共感してもらえそうな人にぶちまけて発散したかっただけなのかはわからなかったが、熊沢は「そういうときってありますよ」と無難な返事しかできなかった。

「次はどういう仕事がしたいとかあるんですか」

やめたばかりですぐに次の仕事なんて考えられないのに、みんなせわしい。それともこっちがのんびりすぎるのか。

「今はないですね」

「ええっ意外。熊沢さんはセールスうまいし、自分の夢がしっかりあるに違いないって思ってました」

「いやー、人生行き当たりばったりで」

「このあいだテレビ見てたら、人材コンサルタント会社を立ち上げたトップセールスレディとか、田舎でお年寄りの手助けをする『なんでも屋』を始めた五十代の女性とかが出てたんです。熊沢さんもそういうことができる人じゃないかなって」

富永は楽しそうに話す。彼女自身がそういうことをやってみたいのだろうか。

「できませんよ。私は自分が何になりたいとかあんまり考えたことがなくて」

「またまた。そんなことないでしょ」

「あの、富永さんはやりたいことがあるんですか?」

「えー、それはー、あのー……オイルトリートメントですね」

「ヘアケアの?」

「いえ、エステやホテルでやってくれるオイルを使った全身マッサージのほう。私、肩こりがひどいんだけど、伊豆《いず》の温泉でやってもらったオイルトリートメントが素晴らしくて、生まれ変わったみたいに全身が軽くなったんですよ。すごいんです、背中にしょってた悪い霊が取り除かれて、肉体そのものが違うものに変わっちゃったみたいな」

「実は霊媒師だったとか」

「いやいやいや。その体験が強烈で、いつかその技を学びたいな、専門のエステサロンなんかやれたらいいなあって」

「素敵な夢じゃないですか。今からでも学校通って」

「今の仕事量じゃとてもそんな時間ないです」

「じゃあ、定年後」

「お金に余裕があればですかね」

かなわない夢ではないと思うのに、あまりかなえる気がなさそうなのが不思議だった。

時計を見たら富永がもどらなければならない時間になっていた。

「ごちそうさまでした。会えて嬉《うれ》しかったです」

「熊沢さんならすぐに新しい仕事見つかりますよ。よかったら、また連絡くださいね」

会社をやめたのはこれが初めてではない。連絡くださいね、が社交辞令であることはよくわかっていた。

まっすぐ家に帰りたくなくて銀座に行こうかと思ったけどそんな気力もなく、最寄り駅に近いモリタウンに行き、特に買うものもないのにぐるぐると店内をまわった。お金の余裕もないせいか、好きな雑貨類を見ても眼が商品の上を素通りする。

これから就職活動しなければならないのに、一向にやる気が出てこない。富永は励ましてくれて、それがうれしかったはずなのに、気分は滅入《めい》ったままだ。「何か新しいことを始めるんじゃないか」という富永の言葉にも動揺していた。新しいことを始めるつもりなんかなかった自分はつまんない人間なのではないか。

次も同じ仕事ができたらいいな、くらいの気持ちだったのに、やりたくなくなった。富永の期待に応《こた》えたい、もっとよい仕事につきたい、というわけではない。

フロアの隅にいる掃除のおばさんがモップをかけていて、私なら経験者だしもっと手早くできるのにと、もたもたした動きを目で追う。清掃の仕事でもし正社員になれるのだったら（まず無理だけど）、喜んでその仕事に就くだろう。今までも、どの仕事がしたいかというより、どの仕事ならできそうかが選ぶ基準だった。資格は普通自動車免許だけ、特別な専門知識や技術はなく事務の経験もないから、三十過ぎたら肉体労働系のアルバイトしか就けなかった。ウィッグの営業職も、母が亡くなってこれからどうしようと思ったときに買った求人誌でたまたま見つけ、運良く採用されたのだ。

早く次の仕事を見つけたいならば、これまでのように、自分にできる仕事という枠のなかで何がなんでも就職するだろう。自分について深く考えることなく、ただ、働いているという安心を得るために。でも、そういう「流れ」がいやになってきた。同じことを繰り返して、四十代と同じような五十代になってしまうかもしれないのが怖かった。

家に帰る途中、近所のスーパーで買い物をした。これからは週に一回だけ来よう。肉や魚を買うのを控え、たんぱく質は納豆と豆腐と卵で摂《と》ることにする。お菓子も減らす。コーヒーも豆ではなくインスタントにする。棚に並べられた商品を見ながら、これからの無職生活に備えて細かい決まりごとをつくっていく。

アパートに戻ると一気にだるくなり、食事もつくらずに寝てしまった。午前二時に目がさめてしまい、それから眠れなくなってネットを見る。「リストラ・再就職」「アラフィフ・独身」などで検索していると、とまらなくなって、無職になった人のブログを最初から最後まで読んでしまう。明け方になって眼が疲れて眠る。午後一時に目が覚めて、今日は眠れるだけ寝てやろう、なんて贅沢《ぜいたく》なんだと自分に言い聞かせるが、昔は何時間でも眠れたのに、今は腰が痛くなって目が覚める。ご飯と味噌汁《みそしる》と納豆とわかめサラダだけで夕食を済ませ、テレビをだらだら見る。あんまり面白くない。本は話題になったものをたまに読むだけだし、ゲームは好きではないから、時間をもてあますとネットばかり見ている。お金になりそうな物をネットオークションで売ろうかと考えて、押入れをひっかき回す。

熊沢の持っている唯一のお宝は、小学生のとき大好きだったサンリオのキャラクター、パティ&ジミーの当時のグッズだ。久しぶりにダンボールを開けると、ハンカチやマグカップやパスケースなどが出てきた。商店街にあったファンシーショップに毎月友達と通っていたこと、お小遣いが少なかったから友達がいくつもキティグッズを買う横で「それカワイイ！」と盛り上げる役をしていたこと、たまに定規を一本買っただけで、それが筆箱にあるのを見るたびに一ヶ月はそのうれしさが続いたことなどを思い出した。

何年か前、不正出血のため松本に紹介してもらった婦人科の病院に行ったとき、受付で渡された問診票を書こうとしたらボールペンのインクが出にくかった。そこで、自分のペンを取り出したところ、隣にいた女性が「あっ、パティ&ジミー！」とつぶやき、その女性と少し話をしただけで憂鬱《ゆううつ》な診察を前に心が軽くなったこともあった。

オークションで売るのはやめにして、また蓋《ふた》をして押入れの奥に突っ込んだ。

今でもサンリオファンだが、二十代の大人買い時代を経た後は、まったく買わないわけではないものの、店に並んでいるグッズを見るだけで満足だった。『いちご新聞』を定期購読し、銀座のサンリオで森林浴ならぬ「サンリオ浴」をするのが一番のストレス解消法だ。そのことは誰も知らない。

一週間ほど昼夜逆転の生活が続いたが、昼過ぎに目覚めるたびに、人間失格という言葉が頭に思い浮かぶので、午前中に何とか起きるようにする。運動不足解消のため散歩しようと駅前に向かうが、スーツを着ている仕事中の女性よりも、買い物をしている年配の主婦や着飾って歩いている老女の二人連れが目につく。ああいう人生を送ることはもうない。他人に養ってもらい、ゆったりと過ごす人生など自分にはない。六十、七十になっても生活のためにずっとひとりで働き続けなければならないのだ。家にいても、何もする気になれない。旅行に行く気は失《う》せた。リストラされた他の社員から「どうしてる?」と声をかけてもらえるのではないかとほんの少し期待していたが、誰からも連絡はなかった。

しばらく休んでもかまわない、無理に求人情報を見なくてもいい、のんびりすればいいと自分に言い聞かせても、全然のんびりできなくて、毎日何もしないで終わるたびに後ろめたさがつのる。今週だけ休んで来週から就職活動をしようと決めるが、その来週が始まってもその気になれず「もう一週間だけ」と先延ばしにしてしまう。

暑さが和らいだ夕方に買い物に出かけたら、アパートの廊下で、隣の部屋に住む七十代の主婦に会った。「最近、昼間も家にいらっしゃるようだけど、どうされたの？」と遠慮なしに聞かれた。

「会社やめたので、今、仕事探してるんです」

老女は、まあ大変、と心から同情している表情になった。

「不景気ですもんねえ。私の知り合いの息子さんもそうなのよ。でも一人暮らしだと家賃がかかるし何かと心配じゃない、だから実家に戻って仕事さがしてるんですって。あなたもそうしたら」

「……実家はありません。両親は死にました。ここにいるしかないんです」

ぴしゃりと言って、自分の部屋に戻った。

ああいやだ。いやなおばあさん、いやな自分。

あのおばあさんは両親が亡くなっていることを知らない。単なる思い込みで言っただけだ。でもその思い込みを一瞬たりとも疑おうとせず、思ったことをそのまま口にする無神経さに腹が立った。それを指摘しないではいられなかった。けれども、あんな言い方をしてしまったらここに居づらくなってしまう。あの人は古くから住んでいて他の住人とも顔なじみだ。とはいえ引越しする金銭的余裕はまったくない。

それからはなるべく住人と顔をあわせないように昼間の外出は極力控え、買い物は夜遅くにするようになった。部屋にいても、隣に音が伝わらないようにすべての生活音を控えめにした。自分でも気にしすぎだと思うが、やめられなかった。

もう仕事を探す気が起こらないかもしれない、ずっとこのままかもしれない。でもどうすればいいかわからない。いやわかっている。このままじゃいけない。このままじゃいけないのに動けなかった。もうだめだ。頭のなかがネガティブな言葉ばかりで埋まって、窒息しそうだった。

退社してから三ヶ月がたっていた。なんにもしなくても時は変わりなく過ぎて、いつのまにか夜は冷えるようになった。コンビニへ行こうと、深夜に商店街を歩いていた熊沢は、店のガラスに映ったものを見てぎょっとした。身長一五〇センチの、よれよれの服を着たクマが背中を丸めて歩いていた。明るいところを避けるように徘徊《はいかい》するみすぼらしい夜行性動物。それが今の熊沢だった。細かった体がいろんなものを溜《た》め込み、むくんでふくらみ、夜の闇《やみ》になじんでいた。

熊沢は決心した。明日絶対、昼間に外へ出よう。

＊

外へ出るといっても、行きたい所なんてない。遠出どころか電車代すら惜しい。娯楽に興じる人も地道に働いている人も見たくない。駅と反対方向に向かって歩き続け、いつの間にかたどりついたのが子供の頃に通った公園だった。

そこは昔からある公園で、かつて遊んだ記憶では木に囲まれた空き地しかなかったのだが、今は大型遊具が整備され、バスケットボールやサッカーもできる立派な公園だった。住宅街のなかにあり、天気のよい平日の午前中のせいか、遊具のある広場には赤ちゃんや幼児を連れた母親が多く、敷物の上で食べ物を広げておしゃべりしているグループもあれば、子供を遊ばせながらベンチでスマホを見ているヤンママもいた。散歩している高齢の男性も目についたが、ひとりきりで歩いている女性は、犬を散歩させている人以外はあまりいなかった。

働き始めてからは、公園に行くことなど一度もなかった。一緒に歩いてくれる男性はあらわれず、母はリハビリのための散歩をいやがった。

何もかもが物珍しくじっと見てしまう。上のほうにある木の葉が少し赤く色づいているのを見つけて、紅葉が上から始まって下に向かうことを、この年になって初めて知る。空が広いのも新鮮だ。米軍基地が近いから、ときおり飛行機が飛ぶ、くぐもったような音が遠くから聞こえてくる。久しぶりに三十分近く歩いたせいか膝《ひざ》が痛いが、せっかくなので公園を一周する。

雑木林と原っぱだけが広がる場所は人が少なくひっそりとしていた。さっきまで見かけたお年寄りたちもここまでは来ないようだ。中年の男性たちが、等間隔を開けるのが礼儀のようにそこかしこにぽつんぽつんと、座ったり横になっていた。みな気楽な服装で、水筒にはいった飲み物を口にしながら本を読み耽《ふけ》っている人もいれば、まるで家にいるかのようにだらしない格好で寝ている人もいる。

この人たち、たぶんみんな無職――そう思うと、子連れママの多いエリアより、断然居心地が良く、熊沢もハンカチを広げて座ってみることにした。

……ぜんぜん落ち着かない。

まわりにさえぎるものがないから緊張する。何もすることがなくてじっとしているのがつらい。

地面は雑草がはびこるままになっていて、ハンカチを敷いてもお尻《しり》の下がちくちくする。手が汚れないように、土の部分を避けながら手のひらで草を撫《な》でてみる。それから少し、土にもさわってみる。このところ晴天続きだから土は乾いていて、肌についてもはたけばすぐに落ちる。ガーデニングやアウトドアの趣味もないから、情けないくらいこわごわと土にさわっている。子供のころは原っぱにころがり泥だらけになって遊んでいたのに。でも、しばらく触れているうちに慣れてくる。

遠くに伸び伸びと寝そべっている男の人が見えて、横になってみたくなる。力が抜けずこちこちになっている体も、少しはやわらかくなるかもしれない。とはいえ敷物がない。でもあの男の人は何も敷いていないじゃないか。汚れて困る服を着ているわけでもない。

よし。

あおむけに寝てみた。手足を伸ばして大の字にもなった。新しいことを成し遂げた気分。左右を見ると、地面と草がすぐ目の前にあることに驚く。クローバーの葉やとがった鉛筆のように細くすっとのびた草が通常の三倍は大きく見える。さっきまで足元にあった雑草が頭の高さまである藪《やぶ》に変わる。熊沢はそのなかにいる小さな虫だ。

風が吹くと梢《こずえ》が揺れ、繁《しげ》った緑の葉も波のようにうねる。それを地べたから見上げると、緑の怪物の緑の口元が、こちらに何かを話しかけているようだ。それを見ているだけで飽きない。頭のなかに詰まっていた言葉が消えていく。何か考えようとしても何も考えられない。悩もうとしても悩めない。どんどんバカになっているのかもしれないが、気持ちがいいのだった。

その夜は、往復で一時間以上歩いたこともあり、よく食べてよく眠れた。

公園で寝るというそれだけのことが面白く、晴れて暖かい日は必ず出かけた。敷物を広げて、その上に横になってみたこともあったが、草の上に直接ねころぶほうがはるかに解放感があった。あまりの気持ちよさに、うたた寝してしまったこともあった。しかし、周囲にある程度人がいれば、どこで誰が見ているかわからないから、怪しげなことをする人はいなかった。人のいない場所で寝ることはないし、昼限定、ズボン着用、財布の中身は最小限で肌身から離さない。それでも危険だという人はいるだろうが、熊沢は気にしなかった。

体力がついてくると、徒歩で行ける範囲でいろんな公園に遠征した。芝生や原っぱがあるのが必須《ひっす》だから、比較的大きな公園が多い。

熊沢の好みは、すみずみまで人の手で整備された所よりも、自然のままの状態が残っていて少々荒れているくらいが良く、広さにかかわらず空気がすうっと流れる「抜け」が必要だった。広い公園ならどこでも流れが良さそうなのだが、何となく空気が滞っていて、目に見えない蓋が被《かぶ》さっているような公園もあった。そして、そういう公園にはなぜか、あの、たぶん無職のおじさんたちが少なかった。

寝ながらまともに陽射《ひざ》しを浴びると意外とまぶしくて、タオルで目を覆《おお》ったりしてみた。いつのまにか顔がうっすらと日焼けして、それがくすみに変わっていったので、だったらいっそのことうつ伏せのほうがいいかもしれないと、顔があたる部分にタオルを敷き、あおむけになっていた体をひっくり返してみた。

これがさらに落ち着いた。

陽射しで地表は暖められ、土も思ったほど硬くない。あおむけのときよりも地面をじかに感じる。

公園なんてものは明治時代になるまで存在しなかったのだろうし、このあたりにある公園はみな戦後につくられたものだろうけど、この土地そのものは何百年も何千年も前からあって、これからまた何千年もここにあり続けるかもしれない。熊沢は、その流れの、ある一点で、この土地にふれているのだと思った。また、地球のある一点で、塵《ちり》よりもさらにさらに小さい自分が大きな地球にしがみついているような絵も浮かんでくるのだった。だからどうしたといわれたら、それだけのことなのだが。

もっとおかしなことも感じた。

うつ伏せで寝ているだけなのに、地面から見えない手が伸びてきて体全体が包み込まれ、地面と抱き合っているような気分になった。うっとりする。もっと平らになって、すきまなくくっついて、柔らかいこの地面と同化したいくらい。

そして、そんな気分になる地面もあれば、きれいに整えられているだけで何にも感じない地面もあるのだった。

紅色や橙色《だいだいいろ》の落ち葉が陽を浴びて、温かみが淡く立ち昇っている午後、うつ伏せでじっとしたまま気持ちよさを味わっていると、シャカシャカと草葉を踏む音が近づいて、止まった。

顔を上げると、二、三歳くらいの女の子と金髪で目の回りが真っ黒の若い母親が手をつないだまま、二メートルくらい離れたところに立っていた。

「おきたよ！」と女の子が叫んだ。

何が起きたのかわからなくて、二人を見る。母親がげらげら笑う。

「あーよかったー、全然動かないから、えっこれってヤバくない？　って」

少し考えて、二人の言っている意味がわかった。

「すいません、寝てただけなんです」

「だよねー、でもさー、もしかして殺人事件？　アタシ第一発見者？　ってドッキドキでー、あーウケたわー」

「うけたー」女の子も笑う。

「それじゃーね」二人が去っていく。女の子がバイバイするので、手を振りかえした。

そのときは特に気にとめなかったが、その後もときどき声をかけられた。何かあったのかと心配する人が多く、人騒がせだからやめようかとも思った。目立つようにバッグやペットボトルや雑誌を置いて「寝ていますアピール」をしてみたが、それでも声をかけてくる人はいて、人と話さない暮らしをしているなかでは、見ず知らずの人と話すのがどことなく楽しくもあった。

あるとき、帰り支度をしていると、五十代後半くらいの体格のいい男性が近づいてきた。毎日着続けているようなくたっとしたブルゾンとジーンズ、でも体も動きも締まりがあって無職という感じがしない。

「こんにちは」

熊沢は驚いた。今まで様々な老若男女《ろうにゃくなんにょ》に声をかけられたが、最初に挨拶をしてきた人は初めてだった。

例えば、うつ伏せで寝ているのが不快だという感情を吐き出したいだけの人がいる。そういう人は挨拶などしないいし、いきなり言葉を投げつけ、立ち去る。

「こんにちは」

こちらも微笑《ほほえ》み返した。こんにちは、という言葉を生まれて初めて知ったような気がする。心が開く、シンプルな言葉。

「あなた、よくここで寝てますよね？」

こちらの懐《ふところ》にすっと入ってくるような笑顔だ。

「はい」

「どうしていつもうつ伏せなの？」

「そのほうが、腰が楽なんです」

こう言うと納得してくれる人が多かった。年配の人に対しては、あの聖路加病院の日野原先生もうつ伏せ寝なんですよ、とダメ押しすることもある。

「眠ってる人って、体が全く動かなくても雰囲気でわかるでしょ。でもあなたはなんていうか、ひょっとすると死んでる？　って思わせるものがあってね、それが面白いなあって。いつも何を考えて寝てるの？」

「特に何も……」

地面と抱き合ってる感じを味わってる、とは言えない。

「あんまり死体になるのがうまいから、役者さんかなあ、それとも何かパフォーマンスする人かなあって」

「違います！　外で寝るのに慣れてるだけで」

「慣れてる……」

そのまま少し考える様子だったので、熊沢はあわてて、家はちゃんとありますと付け加えた。男性は、見ればわかりますよときっぱり言った。

「家で寝るのとどこか違うところはある？」

「地面の上に直接寝ること、でしょうか……」

「なるほど。でも女の人はそういうことなかなかできないじゃない。すごいな」

あくまでも冷静で、真剣な表情だった。

変人、アブナイ女と思われても仕方ないのに、なぜかほめられてる。

「最初は、土や草は汚ないし触れたくないものだったんですけど、今はなじんでるっていうか、どんどん境目がなくなるっていうか……」

「わかった！　土に還《かえ》る感覚。それが死んでる感覚に近づくってことか」

「さあ……」

「いや、きっとそうだよ。でも口で言うのは簡単だけど難しいんだろうな」

男性はひとりでうなずいて納得している。

「あの、死体に関係あるお仕事をされているんですか？」

こんなに熱心に尋ねてくる人はそういない。

「ああ、映画監督です。って言ってもこの三年間、一本も撮ってないんですが。しかもこれから交通整理のバイトだし」

「映画監督さんがバイトするんですか」

映画監督といえば専門職なのだから、アルバイトなどとは無縁の生活ではないのか。

「映画って毎月毎年撮れるわけじゃないからね。撮れない間、食えなきゃバイトします。調布あたりでタクシーの運転手やってるカントクもいます」

ごく当たり前のことをやっているというような口調だった。

「いきなりこんなこと聞いて失礼だと思うんですが、不安になったりしないんですか？　実は私、無職なんですけど、これからどういうふうにやっていけばいいのかわからなくて」

そこまで言って、なに口走ってんだどうしよう、と口を噤《つぐ》んだが、男性は腕を組んで考えこみ、うーんと一言唸《うな》ってから答えた。

「あんまり考えないからかな」

「考えない？」

「自分のことばーっかり考えてると、大抵行き詰まるから。自分を見つめないこと。そんなヒマがあったら、他人を見つめたほうがいいよ」

そんなの、初めて聞いた。

「あれだけ見事に死体になれるんだから、うまくいえないけど、あなた、強い人ですよ」

「はあ……」

「お話聞けて楽しかったです、ありがとうございました」

男性は大股《おおまた》ですたすたと去っていった。名前や撮った映画のタイトルを尋ねないで悪かったかなと思ったが、たぶん聞いてもわからないし、聞かなくて良かったのだろう。

その後、アパートの入口であの老女にばったり会ったとき、熊沢は声をかけた。

「こんにちは」

「こんにちは……」

老女はまたたくまに表情を崩した。

「あなた、心配してたのよう」

熊沢と老女はそこで十分間、立ち話をした。

＊

冬になると、公園に行く回数が減った。人は少ないし寒いからだ。しかし一番の理由は、以前ほど頻繁に「ああ早く公園に行ってへらべったくなりたい」と思わなくなったのだ。へらべったいというのは平たいことで、父がよくそう言っていた。へらべったくなって寝ているよりも、草の上に座って公園にいる人たちを眺めていることが多くなった。

開けっぴろげな声を上げ公園を満喫しているママ友集団はさておき、はぐれ鳥のように隅っこにたたずんでいる若い母親とその子供でも、存在感があって身体《からだ》の輪郭がくっきりして見えるのに、昼間ひとりでいるおじさんたちは、目を離したすきに蒸発して消えているのではないかと思うような、ぼんやりとした像として目に映るのだった。同じ公園の常連でも、彼らはいつも控えめで、決してかたまらず、ここにずっといることをよしとしない永遠のよそものだった。あの人たちがひっそりとそこここにいるのを目にすると、街なかで猫を見つけたようなほんのりとした気分になり、この場所がとても豊かなところに思えるのだった。

ふくらんでむくんでいた熊沢の体も頭も充分に伸《の》されたのか、すべてにおいて軽くなった。軽くてぺらぺらになると、公園だけでなく、どこか他のところにも行きたくなった。

正月に叔母の家に呼ばれた。毎年誘われ、去年までは何かと理由をつくって行かなかったが、今年は訪問した。母の妹で、子供を持たず夫と二人で暮している。この家の正月は、豚の角煮やちらし寿司《ずし》など、おせち料理と関係ない料理がずらりと並ぶ。会社をリストラされて今は無職であることを話すと、夫婦は互いに顔を見合わせ、叔母は「それで生活できてんの」と聞いた。

「今は何とかやってるけど」

叔母の夫が仕事探しの状況をたずねるので、まだ何もしていないことを話すと、驚いて理由を聞かれた。

「どうしてなのか、自分でもよくわからないんですけど……わからないままでもいいんだということが最近わかってきました」

建設会社でサラリーマンだった叔母の夫は顔をこわばらせた。

「何のん気なこと言ってんだ。今のあーちゃんは逃げてるだけだろ。自分と向き合って、原因を分析して、次の就職につなげるべきじゃないか」

「……そうですね」

以前の私だったらすぐに「そうじゃない」と言い返していただろう。

何十年も休むことなく働き続けた人の目には、逃げてるようにしか見えないかもしれない。けれども、この人はこの人なりの考え方で姪《めい》を心配している、その気持ちを受け取ればいいのだと今は素直に思える。

相手の考え方に反論するのではなく、相手の気持ちをただ受け取ろうとすると、なかなか言葉が出てこないのだった。

その表情は反発して黙っているようには見えなかったのだろう、叔母の夫は言いすぎたと思ったのか、やわらかい声で話し始めた。

「仕事がなくなるってことはつらかっただろう。でも健康なら働ける。仕事だって選ばなければないわけじゃない。人生なるようになるから」

原因を分析しろと言いながら、なるようになる、というところがおかしかった。

「そうですよね。仕事決まったら必ず報告します」

「まあ、決まる決まらないに関係なく、いつでもメシくらい食べにこいよ」

めったに笑わない叔母の夫が、照れくさそうな顔をした。

彼がトイレに立つと、叔母が「もしかして、結婚の当てとかあんの?」と尋ねてきた。

結婚という言葉が出るたびに、笑ってごまかしながら心のなかでムカムカし、喧嘩《けんか》するのは大人げないとこらえる分、不満が溜まって疎遠《そえん》になっていた。それでも母の介護で一緒に苦労した仲だから疎遠になってスッキリすることもなく、かといって母親代わりである叔母と結婚の話をするのは苦痛以外の何ものでもなかった。

でも今は、びっくりするほど何も感じなかった。へらべったくなっているあいだに、結婚というものが自分の人生にとってどうでもいいことになっていた。結婚できなくて引け目に感じていたのが、いつのまにかきれいさっぱりなくなっていて、気がつけば、結婚というものから卒業していた。

年齢のせいかもしれないし、無職になったせいかもしれないし、どうしてなのか、よくわからないのだけど。

「当てなんかないよ。結婚はしたかったけど、あきらめた。今年五十だし」

「えっ、五十？」

叔母はすっとんきょうな声を出した。いくつだと思っていたのだろう。

「そう思えるまでこっちに来れなかったみたい、はは。心配してくれてありがとう。でももういいから、私は大丈夫だから」

叔母は姪を見つめ、何か言おうとして、振り切るように席を立ち、

「これ少ないけど受け取って」

と封筒を差し出した。お金だというのはすぐにわかった。

「いいって、こういうことのために来たわけじゃないから」

「いいのいいの」

ぎゅうと封筒を押し付けられる。受け取るしかない。

「……ありがとう。わーいお年玉だ、うれしいな」

「そうそう、お年玉」

叔母はほっとしたような顔をして、それからぽつりと「あーちゃん、悪かったね」

と言った。

*

かつては求人情報を見るだけで吐き気を催しそうになっていたのに、「早く仕事を決めなければ」「正社員にならなければ」という悲壮な決意やプレッシャーがなくなると、するすると履歴書も書けるようになり、求人にエントリーしはじめた。

モノを売る会社を中心に当たったが、面接までこぎつけられたのは一割以下だった。最初の面接は、起業十年目のウィッグ販売会社だった。以前の会社に比べると客層も社員の年齢も若く、応募者もみな熊沢より若くてひるんだが、男性面接官となごやかに話すことができて一次面接を通った。社内で見かけた若手女性社員が、派手でみな似たような感じに見えること、通路に商品のダンボールが無造作に積み上げられているのが少し気になった。

次の面接官は女性二人だった。四十代後半のほうは、あの若手女性社員たちの二十年後……というより、彼女たちのような自分のコピーを次々と生み出すエイリアンクイーンに見えた。もう一人の三十代後半の地味な女性は一言もしゃべらなかった。何か質問がありますかと聞かれたので、この会社の一番の魅力は何でしょうかと尋ねると、クイーンが「アットホームなところです」と答えた。もう一人に向かって「そちらの面接官の方にも伺えれば有り難いです」とお願いしたところ、クイーンが悠然と微笑んで「それでは面接を終わります」と切り上げた。数日後、不採用通知が届いた。

燻製《くんせい》やナッツなどのつまみを扱う会社のルートセールス募集の面接を受けたときは、三十代くらいの男性に「あなたの仕事に対する意気込みや情熱を聞かせてください」と言われた。その面接官は熱血型の営業マンで、人を押しのけてでも前に進み営業成績トップを目指しますということを言えば好まれそうだとわかった。しかし、それはもうしたくないし、できないし、今の私の意気込みとは何だろう……と考えてしばし沈黙した。そして、一時的な売り上げにこだわらずコツコツと外回りを積み重ね、営業マンよりも製品が愛されるよう努力したいですと話して、落ちた。

再就職が決まらないなか、松本に連絡をしてリストラ以来初めて会った。松本はどこにするかとも聞かず三百円均一の居酒屋に入った。二人ともジンジャーエールを頼み、好きなものをどんどん注文した。松本の胸元には七カラットはありそうなサファイアのペンダントが光る。若いうちから宝石を身につけ、その大きさがどんどんエスカレートしていくのが宝石販売員の性《さが》とはいえ、その輝く石は会社で昇進し続けている松本の象徴で、その彼女が今もワリカンでつきあってくれることに熊沢は感謝している。家ではつくらない揚げ物ばかり注文して、松本に笑われる。たくさんの料理の皿がテーブルに並ぶのを見るだけで、しみじみとうれしくなった。

松本が事細かに聞いてくるので、過去のことだと片付けていたはずのことをあれこれ話し出すが、次第に気分が沈んでくる。

「タマちゃん社長、よくいる経営者よね。人が大事とかいいながら、結局銀行のいいなりになってリストラして。それに新規事業失敗の責任を取れって、じゃあGOサイン出した社長の責任はどうなの。社長報酬の減額はしたのかって」

　松本があおるように言う。

「してないんじゃないの」

「知らないの！　聞かなかったの！」

「うん……」

「信じらんない。下のクビだけ切って自分はぬくぬくしてるかもしれないじゃない！」

「でも、何の手も打たないで会社つぶすよりましでしょ。それにリストラするのだって、総務部とか他の役員にやらせることだってできるのに、社長自ら頭下げたんだから、お詫《わ》びの気持ちを伝えようとしてたんじゃないかな。五十歳で切るのもわかるのよ。私の部下もそうだったけど、それくらいの年の人ってよほどの人じゃないと守りに入るし、適当にさぼるのはうまくて給料だけはしっかりもらって。私だって、若い子と取り替えたいって何度思ったか」

　今の気持ちを確かめるように話すのを、松本は不満そうに聞いている。

「その人たちとクマザワは違うでしょう」

「そりゃね、リストラされたときは何で私なのって。自分はもっと会社から評価されてると思ってたから、かなりこたえた……ねえ、この砂肝から揚げおいしいよ、熱いうちに食べなよ」

かなりこたえたと口にしたそばからあの日の夜にひとり泣いたときの感情が生々しく立ち上がり、あわてて話題を変えた。忘れたい感情ならば、もう話さないほうがいいのだ。松本はひと切れ口に入れ、うん、衣がふわふわ、と言っただけで、何か考えるように咀嚼《そしゃく》していた。

「美容室のルートを開拓する事業、やらないほうがよかった？」

そう思っていないことをわかっているはずなのに、松本はわざと尋ねている。

「ううん、自分で企画した仕事ができるってうれしかった」

「はりきってたよね」

「うん。でもあれやったおかげで、自分の限界も見えた」

「限界？」

「新事業を会社に認めてもらうためには、ドーンと大きい売り上げの数字を示すのが一番でしょ。そのためには大手チェーンと組まざるを得ない。でも、私は企業と駆け引きしながら交渉して大きな取り引きを成立させることに、あんまり興味がないみたい。それより、一個でいいから、すごく商品を気に入って買ってもらうほうが、達成感が大きかった。要は、ひとりひとりの客と丁寧に話しながら、ちまちまモノを売るのが好きなんだね。体も小さいし、人間としても小っさいの」

　会社にいたときは、そんなことを考える余裕もなかった。再就職する気力が湧《わ》かなくて、その理由がわからなかったあの時間を経て、また就職活動を始めたときに、そういうことだったのかとおぼろげに気づいた。

「だからクマザワは昔あんなに宝石売れたのね。私なんかマネジメントのほうがよっぽど楽」

「マツモトは管理職や経営者に向いてるよ。私は一生店員やってるのがいい」

「だったら江口の会社にも未練はないか」

「あれもね、もしかして江口さんは、私が、何の見返りも提示されてない条件のなかで、リストラされた技術者を紹介できるような人間かどうか試したのかなって」

「それ、いい方に考えすぎ」

「まあもう終わったことだし。それより早く仕事決めたいなあ」

　ぐーっと腕を突き出して伸びをした。

「クマザワ」

「何?」

「仕事してたときよりも、肌ツヤいい」

「そう？　化粧品安いのに変えたよ」

「今日ぱっと見たとき、元気よさそうだからてっきり就職が決まったんだと思ったんだけど」

「残念でしたー。でも、会社やめてからちょっと大変だったときもあった」

三ヶ月間引きこもった後に公園で寝ていたことを話し、通りすがりの男に「ゴミみたいな女」と言われたこともあったと笑った。

「そういう男が、家で生ゴミ扱いされてたりするのよ」

「みんなそれなりにストレス溜まってるんだろうね」

「うちの会社にもいる。叩《たた》いても問題ない人間だとわかると、気にいらなかったり、ちょっとミスしただけで、罵倒《ばとう》したりやたら怒ったりして発散するの。相手のことはどうでもよくて、弱くてカワイソウなボクをなんとかしなきゃって必死なの。いいオカズみつけるとそれにぴゅーっと放出してやっと気持ちよくなれるのよ。相手と交わるセックスが下手だから、オナニーするしかないのね」

「マツモト」

「何？」

「相変わらずたとえが、下品」

「そう？」

松本はお雛様《ひなさま》のような顔を崩さず、ふふふと笑う。

「でも一体何が良かったんだろう。公園？　うつ伏せで寝たこと？　それとも映画監督と会ったから？」

「全部ひっくるめてかも。何がきっかけで変わったかなんてしばらくたってからじゃないとわからないだろうし、わからなくても私はぜんぜん困らない。今は元気なんだからそれでいい」

「クマザワ見てたら、一度、働くのを休むのも悪くないような気がしてきた」

「ええっ？」

「私のまわり、いろんなことが惰性になって澱《おり》が溜まったような顔した人ばっかりよ。私もそうかも」

ふっと松本が黙り込む。熊沢は、積極的に働くのを休めるのは暮らしに余裕のある一部の人だけだろうし、働き続けて澱が溜まったような顔もそれはそれで人間らしい味わいではないかと思う。

「早くお給料が欲しいよー、家でインスタントじゃないコーヒー飲みたいよー」

歌うように言ってみる。松本がくすりと笑う。

「その、死体になるのがうまいって、何か仕事につながらないかな」

「ないよ」

「結婚式場のブライダルフェアで、模擬結婚式や模擬披露宴するでしょ。葬儀場も模擬葬儀やってるんじゃない？　そういうときに死体役がいたら、より臨場感でるんじゃないかな」

「いらないよ」

「そうかしら。やる人がいないだけかもしれないわよ。葬儀会社に売り込みに行けば？」

「行かないって」

「遺体が実際にあることで、お客さんからこうしたいって具体的な要望がでてくるかもよ」

「あ……」

「何？」

「母が亡《な》くなったとき、葬儀に間に合うように徹夜でミニアルバム作ったんだ。父と定食屋してた頃やまだ元気で友達と旅行に行けたときの母の写真を選んで、精進落としの時に、集まってくれた叔母や母と仲の良かった人たちに見せたの。そうしたら、みんな泣きながら思い出話して、すごくいい供養《くよう》になったんだ。そういうアルバムのかわりにスライドを流すのを模擬葬儀で提案するとか」

「ほら、やっぱり死体役っていうか、スライドショーの主人公の役、いるって」

「それもう死体役じゃないし」

「ねえ行ってよ。行って欲しい。行ってくださいませ。お願いします」

　松本は手をあわせる。

「それって面白そうだからでしょ」

「うん」

「真面目に考えてよ！」

　熊沢が笑っても、松本は笑わなかった。

「ね、葬儀の仕事って抵抗ある？」

「ぜんぜん。世の中に必要な大事な仕事だよね」

「だったら、葬儀会社受けてみたら？」

「えっ？」

「葬儀って、ひとりひとりのお客さんと丁寧に話し合いながら、その人にあったサービスを提供することでしょ。向いてるんじゃないかな」

そういわれるとそんな気もしてくる。

「今からでも出来るかな」

「こういうのは年取ってるほうがいいのよ。もし、葬儀担当者が浅田真央と増田明美だったら、増田明美のほうが断然頼れる感じするでしょ」

「元マラソン選手の増田明美？　なんで？」

「クマザワと同じ、アラフィフでちっちゃいから」

「あ、そういうこと」

「興味あるんだったら調べてみたら」

「うん。どうして今まで思いつかなかったかな」

「自分のことって案外わからなかったりするのよね」

熊沢は、公園でへらべったくなって、自分というものが一枚の紙のように薄くなったのだと思っていた。でもそうではなくて、硬く厚みのあった自分が伸されて折りたたまれてたくさんの隙間《すきま》ができ、そこにいろんな人たちの言葉や存在が常に流れ込み、層のように溶け込んでいる、それが自分というものであるような気がした。それは熊沢をあたたかく自由な気持ちにさせた。

べしみ

いつものようにボディソープを使う前に全身を軽くシャワーで流し、右手で乳房や腹を撫《な》でながらそのまま軽く股間《こかん》に手をやったとき、どきりとした。薄く陰毛が生えた二つの小さな丘の片側で、小さい塊のようなものが指にあたる。痛くもかゆくもない。いやな感じがした。

女性器に異変が起こるというのは、どんな小さなことでもひどく憂鬱《ゆううつ》なものだ。

高校生のとき、陰部の脇《わき》に小さなできものがあらわれた。足を開いてちらと覗《のぞ》き込むと、赤く膨らんだものが確かにあった。毎日気になってさわるうちにどんどん大きくなり、悪性腫瘍《しゅよう》で女性器ごと切除なんてことになったらどうしよう、一生処女のままで終わるんだと人生真っ暗になった。ひとりでは病院にも行けず、どうしたらいいのかもわからず、一大決心して母親に見せた。

「あ、これニキビじゃない」

と笑われ、いきなり指でつぶされた。

飛び上がるような痛さだけでなく、ニキビというドラマもロマンもないことを言われた腹立たしさやら、大事なところにそんなものをこさえてしまった恥ずかしさやらで「違うかもしれないじゃない！　ひどくなったらどうすんの！」と涙をぼろぼろこぼしたが、膿《うみ》を出して消毒したらそのうちきれいに治ってしまった。

三十代の初めには、女性器全体が突然ものすごくかゆくなったこともあった。体が硬くなったせいか上半身を曲げてもよく見えず、仕方なく手鏡を使った。高校生のときは一瞬覗いただけだったから、自分の性器を真正面から見たのはそれが初めてだった。

全体が腫《は》れ上がったように真っ赤でそれ以外の症状は見当たらなかったが、それがいいことなのかどうか判断できなかった。普段目にすることのない奇異なものを見たショックですぐに見るのをやめた。見てはいけないものを見てしまったような後味の悪さもあった。

搔《か》くと熱をもってますますかゆくなり、まず疑ったのが性病だけれど、他人からうつされるような行為はひとかけらもしていないのに性病になることがあるのかと悩み、調べてみたらその可能性もあるとわかってさらに悩み、ぐずぐずと日々を過ごした。

かゆみと不安で寝不足が続き、十日ほどしてやっと近所の一番流行《はや》っていなさそうな、あちこちが傷《いた》んだ一軒家の産婦人科に行った。白いシートが黄ばんだベビーベッドと、うっすらと埃《ほこり》をかぶった古い絵本が待合室の脇にあり、待っている患者は老女一人だった。持っていた巾着《きんちゃく》袋から黒飴《くろあめ》を出して舐《な》め始め、孫に渡すように私にもくれた。ラジオから浪曲が流れている診察室には、禿《は》げ頭でやぶにらみの老医師が古びた椅子《いす》に座っていた。

ただの「かぶれ」だと診断され、白い容器に入った塗り薬だけわたされた。ふたの上には黒いサインペンで軟膏《なんこう》の名前が走り書きされている。そのぐにゃぐにゃっと崩れた文字を見て、この薬は大丈夫なのだろうかと心配になった。

その日の夜に、ホームページを開設していた二つ先の駅にある女医さんを探し出し、三日後の予約と有休を取った。閑静な住宅街に馴染《なじ》むように建てられた三階建てのビルの玄関を開けると、きらきら光るスワロフスキーの置物が飾られていた。並んで座っている四人のうちの三人は同年代か少し下の女性で、隙《すき》のない化粧をし、競い合っているのが丸わかりの高そうな服を着て、互いにひと言もかわさず雑誌を開いていた。残りの一人はかなり年上の地味な女性で、彼女がペンを取り出したときに思わず「あっ、パティ&ジミー」と言ったら、にこにこと話しかけてくれた。小さい頃、近所で仲の良かったお姉さんがこのキャラクターのファンだったのだ。

五十代くらいのふくよかな女医は、クラミジアが疑われるので予約を取ってまた来てくださいと言うだけで、薬は出なかった。

一週間後の予約日まで何もしないで待つのもつらく、サインペンで名前が書かれた、あのべたべたの軟膏を塗ってみた。次の日にはかゆみはおさまり、予約日にはすっかり良くなっていたので病院には行かなかった。その後は何の症状も出なかったから、おじいちゃん先生の見立てが正しかったのだろう。

シャワーを止めて恐る恐るさわってみる。左側の大陰唇《だいいんしん》の真ん中あたりがこんもりと膨らんでいる。しこりのようなものはなく、ただ肉が盛り上がっている。四十歳独身、最後にセックスしてから十年以上経《た》っている。性病ではないだろうが、何か悪い病気の兆候だろうか。

髪と体をそそくさと洗い終え、バスタオルを巻いて寝室に行く。暖房で温まっているから、裸のまま手鏡を取った。

ああ、また見なければならないのだ。

自分の性器を見るのはどんな格好であれ情けない姿だし、それを直視するのはうんざりすることだから、非常事態以外はしない。三十代のかぶれ事件以来だ。

正直に言って、女性器は気持ち悪かった。

世の中には見せびらかしたいほどの美しい女性器をもっている人もいるのかもしれないし、毎日見ていれば愛着がわくのかもしれないけれど、私にはとてもそうは思えなかった。

そもそも形が、かわいくないのだ。

おっぱいやおしりの、まるっこい単純な形に比べたら、女性器はあまりにも複雑で生々しくて得体が知れなさすぎる。男性器のほうがまだかわいげがあると、ひそかに思っている人も多いのではないだろうか。神様は、女に意地悪をして、女性器をこのような好かれにくいフォルムにしたのではないかと逆恨みしそうになる。

性器は恥部とも呼ばれるが、女性器はやはり恥ずかしくて隠したくなる外見をしている。一方、男性器は女性器ほどではないのか、芸術においてリアルに表現するのは受け入れられていて、ミケランジェロのダビデ像も街の小便小僧も堂々と飾られているし、それを見て恥ずかしさのあまり怒り出す人もいない。実は、このダビデ像のペニスの上にあるもやもやしたかたまりは性器の一部だと思っていて、陰毛であることがわかったのは初体験をすませた後だった。両親は古風で厳格だったから、私は父や兄と風呂に入ったこともなければ裸を見たこともなく、性的な情報は一切遠ざけられていた。そのため、年頃になっても男の裸に関するものに出くわせば目をそらしてしまいがちだったから、そんなこともわからないくらい男性器を見たことがなかった。女性器というものが、加齢を冷酷に具現化しているのも恐ろしい感じがした。メイクでとりつくろえる顔に比べるとごまかしがきかない（女性器の整形手術というのもあるらしいけど）。

幼いときに見た性器は体の他の部分と同じような質感だった記憶がある。固い実が閉じているようで、今思えば子供らしさそのものだった。なのに三十年あまり経った性器は、子供らしさなどひとかけらも残すことなく、完璧《かんぺき》に成熟していた。むらむらと陰毛に覆《おお》われた果実が割れて、襞《ひだ》や皺《しわ》があらわになり、全体も赤黒くて、内臓が露出しているようだった。「あなたは童顔だからとても三十代に見えないわー」とおだてられて喜んでいたのをあざ笑うかのような、ふてぶてしい中年女の風情《ふぜい》だった。

もちろん、自分の大切なものだから、好きになりたい。生理がケガレとされてきたように女性器を汚らわしいものだとする考えには、決して与《くみ》したくない。しかし、私の女性器が花のように美しいというのは、比喩《ひゆ》でもありえない。それは欺瞞《ぎまん》だ。私の真ん中に、こんなふうに美しくも若くもないものが厳然と存在しているのは認めたくなく、できるだけ見ないようにしてきたのだった。

気が重いまま椅子に片足をかけ、股間に手鏡をかざした。

うわっ！

思わず叫び、手鏡を落としてしまった。

あまりに恐ろしくて、もう一度見る勇気がなかった。

体の力が一気に抜けてその場に座り込んでしまった。

私の体に何が起こったのか。

いや、見間違いかもしれない。パジャマを着て、ベッドの横にある鏡の前で髪を乾かし始めたが、おぞましさが消えない。ドライヤーを持つ手が少し震えている。落ち着こうとしても、ゆっくりと髪を整える気持ちになれない。途中でやめて、下半身につけていたものを脱ぎ、また手鏡をかざした。

やはり見間違いではなかった。

股間に、男の顔があった。

女性器があるべきところに、奇妙なおっさんの小さな顔がくっついている。黒く太い眉《まゆ》、短い口ひげやあごひげもある。目玉が飛び出しそうなほど真ん丸に見開いた目は、あの『風神雷神図』の風神の目を思い出す。幅の広い鼻はそれほど高くなく、さわったときのあのふくらみは男の鼻の部分だったらしい。口は口角が下がった一文字で、ぎゅっと固く閉じている。眉がつりあがり、怒った表情には違いないが、口元は必死に笑いをこらえているような愛嬌《あいきょう》がある。怖い顔ではない。

そうっと顔をさわってみた。その表情は固まったままで、生身の男の顔というより仮面のようである。誰かがいたずらしてひょうきんなお面を私のあそこに貼《は》りつけた……。

そんなこと、あるわけがない。面をはがそうとするが、皮膚にぴったり貼りついて取れない。皮膚をひっぱると、面までがにゅーと伸びるだけだ。

どうしてこんなことが起ったのかまったくわからない。毎日、会社と一人暮らしの住まいとの往復だけで、変わった出来事などなかった。昨日お風呂に入ったときは何もなかったはずだ。女性器に直接触れているのは自分の指だけで、しかも体を洗うときだけ。自慰もここ数ヶ月はしていない。

中学から大学まで女子校だった。ずっと中森明菜が好きでファンクラブにも入り続け、今でもひとりカラオケで熱唱する。男性にも興味はあったが対面すると緊張してしまい、今でもそれは変わらない。勤めている外資系ソフトウェアの会社では、仕事の話だけすればいいから問題はない。初めて恋人ができたのは二十六歳だった。経理部の三十歳の男性で、映画に誘われた。キスしたり、セックスするごとに彼のことが頭から離れなくなり、仕事が手につかなくて、初めて生きている実感のようなものがあった。しかし、三ヶ月であっさりふられた。恋愛と失恋を短期間で経験して、これからこういう楽しさとつらさを味わいながらいつかは結婚するのだろうとぼんやり期待していたが、その後は何ひとつ、色めいたことが起らなかった。

毎シーズン新しい服を買い、ナチュラルメイクを心がけ、誘われたら合コンにも行った。それでも、男の人とつきあうのはもちろん、声をかけられることも迫られることもなかった。合コンで会った男性に「覚えていない」と言われるほど、異性の前ではおとなしい、目立たない女なのだ。

気になる独身男性はいたが、たまに話ができて舞い上がるのが精一杯、しばらくすれば若い女性と結婚してしまうのだった。

このままでは一生独身かも、でも一発逆転ホームランがあるかもしれないと三十代前半はのん気に構えていたが、三十代後半になると、さすがに自分から積極的にいかなくてはダメだと気づきながら、そこまでして恋愛したいわけではないというやせ我慢と、とりあえず恋愛もセックスも一度は経験したのだからそれでよしという卑屈さがないまぜになり、仕事は毎日終電で帰るような忙しさだし、見合いしてまで結婚したくもなく、何一つ行動しないまま四十歳を迎えてしまった。

そしてようやく、もう恋愛は無理だとあきらめがついたのだった。この期《ご》に及んでも恋愛の先に結婚があると信じることをやめられないので、結婚も断念した。そうやって女をあきらめると、女性器がへんてこな男の顔になってしまうのだろうか？　ちょっと昔、女という「性」を生きていないとオニババ化するという本があったが、局部がオヤジ化するなど聞いたことがない。こんなものがついていたら、セックスできない。

恋愛しなくても一人で生きていける、一生セックスしなくてもオッケー、と本気で思っていたのに、深い谷底に落ちた気分だった。心の奥底では恋愛もセックスも決してあきらめてはいなかったんだと気づいて、悲しいよりも打ちのめされた。年を取り、恋愛やセックスというくだらないことから解放され、自由になったといい気になっていた。でもそれは、恋愛やセックスから見放された自分を偽るポーズにすぎなかったのだ。

見れば落ち込むのはわかっていても、もしかしたら幻だったかもしれないと、体をぐっと曲げて股《また》の間を覗く。男の顔はあった。真ん中の割れ目を口として、その左側に目鼻があり右側にあごひげがあるから、こちらから見ると横向きについている。

どこかで見たことのある顔だ。額に角はないが、節分のときにつけるちっとも怖くない鬼の面に似ている。鼻は長くないが天狗《てんぐ》の顔にも似ているし、長い髪の毛はないが、農村で豊作を祈って舞い踊るときに男衆がつける面にも似ている。こいつは何者なのか。

腰にバスタオルを巻きつけ、パソコンで調べてみると、男の顔に似ているものが見つかった。

鬼神を写した能面だった。

名は「癋見《べしみ》」という。べしみという名前は、口をぐっと閉じている「圧《へ》し口《ぐち》」からきている。股間にある男の顔は、小さい圧し口をしている「小べしみ」だった。

べしみの形相は憤怒《ふんぬ》の表情だという。あまりにも女性器を疎《うと》み、女という性をないがしろにしてきたから、女性器は怒ってべしみに変身したのだろうか。

けれども、私の股の間にある瞳孔《どうこう》が開ききったようなべしみの空洞の瞳《ひとみ》は、ひどく怒っているというより、この結果を彼自身も驚いているように見える。

「あんまりべっちょかまわねから、こうなってしもただ」と困惑しているような。

「おめの此処《ここ》は、おめが思っとる以上に女としてもっと使われて欲しがっとっただ、何で今までわからんだがなあ」と同情しているような。なぜ東北弁なのかは私にもわからん。

セックスに縁遠い女が所有する女性器は、皆こんな不満を抱いているのだろうか。近い将来閉経して、私の女性器はおとなしくその役目を終えると思っていたから、裏切られたような気もするし、そういう体の声に耳を傾けなかったのを詫《わ》びるような気持ちにもなる。

いつの間にか足を開き、べしみを覗き込んだままでいた。あわてて足を閉じた。この部分をこれほど長く見たことはなかった。それは自分の一部のはずなのに、もう自分のものではないような気もした。

ふと尿意を感じてトイレに入ったが、何の問題もなく放尿できた。どこから出るか、確かめることはしなかったが、それ自体は私をとても安心させた。

生理は今まで通りやってくるのだろうか、タンポンはどこへ入れればいいのかと心配は消えないが、とりあえず日常生活は送れるはずだ。そう思いながら、ベッドの上に腰掛けて手さぐりで膣口《ちつこう》を探すと、これまでと同じ位置に吸い込まれるような穴を感じた。覗くと、圧し口の真ん中に指が触れていた。突然、空洞の瞳が光った。

べしみが、私を、見た。

あっと思った瞬間、体に変化が起こった。べしみの瞳が動いた恐怖は瞬時に消え、その視線が何を動かしたのか、女性器や乳房が熱をもち始めた。だんだん、もぞもぞ、うずうず、してきて、どうにもたまらなくなった。そこだけで体ができているような感覚になり、全身が性的な刺激を求めてそそり立った。我慢できずに、私だけが知っている私の一番感じるところを指で強く擦《こす》る。しびれるような高まりが体じゅうから押し寄せ、脳天へ突き抜けた。ぞくぞくとする快感があふれ出し、それは全身を満たし、それでもまだ足りず尻《しり》の下のシーツに、目に見えない空気に、ふりまかれた。

ベッドに体を投げ出し、背中をやさしく指で撫でられているように背筋を何度も行き来するもどかしい感触に耐えかねて、身もだえし、頬を、肩を、胸を、股間を、シーツに押しつけた。体がもっと強くもっと激しくと叫び、それを追いかけるように刺激を続ける。感覚器が全開して快感に喰らいつき、瞬《また》く間に飲み込み、あえぐように舌を出し、またむさぼりたいと先端を尖《とが》らせている。感じさせて欲しいという私と、この女をいかせたいという私が、どちらも必死に声にならない声をあげている。二つの私が一体となって取り憑《つ》かれたように、頂点に向かって疾走する。爆走する。もう何も考えない。何も見えない……。

しばらく放心したままだった。

性的絶頂感は、あとかたもなく消えたそばから違う味わいの快感に変わり、それが体のなかをたゆたっている。

それにしても、今のは一体何だったのだろうか。

こんなすばらしい快感は生まれて初めてだった。肉体の悦《よろこ》びというのは、鋭く深く、すさまじい。体も心も解き放たれ、知らない世界へ放り出され、一瞬にしてまた連れ戻されたようだった。自分でしていることなのに、最後は見えない何かに巻き込まれるように、誰かに引き摺《ず》られるように、そこへ行ってしまったのが不思議だった。

過去のセックスはただ恥ずかしいだけだった。絶頂感はおろか、挿入が気持ちよかったことさえなかった。

自慰で肉体的な快感は得ていたが、その目的はむしろ体の緊張を解くためで、早朝の出勤に備えて少しでも早く眠るためにすることが多かった。しかも、自慰が悪いことではないと理解しているのに、いつも一抹の罪悪感があった。

いま、そんなちっぽけなものは圧倒的な快感の前で吹き飛んでいた。雛鳥《ひなどり》が初めて空を飛んだような、素直なうれしさだった。

敏感なところはまだ熱をもっていた。もう一回快感を味わえたらと女性器に触れて、あのふくらみに気づいた。それまでは、べしみを忘れていた。

あのとき、空洞だったべしみの目が光り、動いた。女性器に貼りついたべしみは能面ではなく、生きている男の顔なのか。その男が、私を快楽へ導いたのだろうか。

べしみを見る。その日に変化はなかった。ゆっくりと口のあたりをなぞっても、どこをさわっても、もう動かなかった。

動かなかったことは意外だったが、動いて欲しかったのかと自問しても、よくわからなかった。べしみを見た途端、今度は性欲は消え失《う》せ冷静になっていた。こんなものをもってこれからどうすればいいのか。

めくるめく快感を味わった後だからなのか、先ほどまでの動揺が嘘《うそ》のように、悲しくはなかった。顔がべしみになったわけでもなし、どうせセックスする相手もいない。嫁入り前の小娘じゃあるまいし、四十年も生きてきたんだ、起こってしまったことは受け入れるしかない。

そう決めたら、あのしっとりとした満足感がまた押し寄せてきて、真綿にくるまれるように眠りへと誘われた。べしみがあるにもかかわらず、体のすべてが調和している、健やかな眠りだった。

＊

次の日の朝。いつもと同じ朝なのに、私はまったく違ってしまっていた。

体が性欲に満ち満ちていた。湧《わ》き出てくるものが全身をめぐり、不穏なまま平静を保っている。細い針でつつかれたらすぐにあふれ出てしまうのを、皮膚一枚がこらえている。窓際に置いたアイビーにスプレーで水をやりながら、その濡《ぬ》れた葉を見ただけで涙が出てしまう。異常である。

パンドラの箱が開いたかのように、今までに感じたことのない狂おしい欲がみなぎっている。着替えながら視線を下に移動すると、昨日と変わらずべしみはいた。全身の騒がしさなど知らん顔で鎮座していた。空洞のびっくり眼《まなこ》と眉間《みけん》のしわが、朝から性欲で盛り上がっているこちらを「めっ！」と叱《しか》っているように見えた。

性欲は萎《な》えることなくまだ膨らもうとしているが、性欲は私を重くすることはない。むしろふわふわと落ち着かない。何をするにも実感が乏しい。化粧をしても朝食を食べてもすべては気もそぞろで形式的にこなしている。仕事の何もかもがどうでもいい。

それでも朝の会議で、システム変更に際して人員の割り振りをどうするかと意見を求められると、冷静に状況判断している自分に驚く。昨日までは、問題の核心からずれたことしか言わない上司の意見にむかつき、下を向いたまま反対意見をしつこく言い続けていたのに、今日は上司のやはりずれている意見に同意を示しながら、現場の意見も参考にしていただけるとありがたいですと、彼のほうを見ながら柔らかな口調で答えている。

頭の悪い大嫌いな上司が、守るべきいたいけな男の子のような気がして、もしかしたら上司のことが好きなのかもしれないとさえ思い始め、声もどんどん甘やかさを帯びて、さすがにこれは気持ち悪いと話を切り上げた。

気をつけていないと、性欲がにじみ出る。

行動がゆっくりになる。他人に対してやさしくなる。とても自分とは思えない。仕事に集中して性欲から離れられる時間がありがたい。ふと仕事から離れると、たちまち性欲が押し寄せる。あふれそうな性欲が見つけた今度の出口は瞳で、せつない思いで机の上のコーヒーカップを見つめる。不気味である。こんな瞳で見られた男性はさぞ迷惑だろう。

しかし相手に気づかれないように、あらゆる男性の姿をさっと見る。じろじろとは見ない。二度とセックスできない女の目には、男という生きものが手の届かない宝物に見える。想像だけが性欲をさえぎらない。仕事が一向に進まないので、風邪気味だと嘘をついて定時に会社を出る。道行く男性を見ながらこの人とセックスしたらどうだろうかと妄想する。こんなことは一度もなかった。意外と楽しい。作家の林芙美子《ふみこ》が、電車に乗ると、男たちの顔を見ながら、もし今事故が起きたらどの男の手を引いて一緒に逃げようかと考える、というようなことを書いていた。そうすることで性欲を飼いならしていたのだろうか。

しかし、男にこの性欲を渡すことはない。渡せない。全身を奔放にかけめぐる性欲の行き場はどこにもない。性欲を体にくるんで電車に乗り、そっくりそのまま持ち帰る。

家にひとりでいても体が発情している。女性器が腫れて大きくふくらんでいるような感じがある。ここをどうにかして欲しい。それは純粋な性欲だった。心は置き去りにされて、体だけがこの欲望に突き動かされてうごめいている。止まらない、止められない。苦しいのに気持ちいい。目をつぶって誰かに体を投げだしてしまえば気持ちよくなれるかもしれないのに、できなくて身をよじる。もがきつつ陶然としている。私は発情している自分自身に欲情しているのか。そうすることですでに快感を得ているのか。いや、やはり誰かにもっと気持ちよくしてもらいたいのだ。

たぶん、相手は誰でもいいからセックスしたいというのはこういうことをいうのだろう。人間でなくてもいい、性欲を受け止めてくれる生きものなら何でもいいとさえ思う。べしみを持ったからには人間の男とのセックスは無理なのだ。美しくて強い生きものに抱かれていることを想像し、性欲に身をゆだね、女性器に手をのばす。

しかし、昨晩の夢のような快感はやってこない。もし、またべしみの瞳が動いたら手に入るかもしれないと、私の中心に目をやる。今にも動き出しそうなほど精気に満ちた面なのに、空洞の闇《やみ》はびくともしない。それを覗き込んでいると、求めれば求めるほど欲しいものは遠ざかるような気がしてくる。

あきらめて、もう一度自慰を試みる。今度はうつ伏せになり、いつものように、憂《うれ》いを帯びた金髪の王子が敵国の姫である私をさらって凌辱《りょうじょく》する物語を思い浮かべる。金髪といい、王子と姫といい、凌辱といい、今まで学んできた人間の平等・男女同権が何だったのかと呆《あき》れるほどバカっぽいセックス・ファンタジーだし、もし現実にレイプされたらその男を地の果てまで追いかけても絶対殺すけれど、誰に話すわけでもないから構わない。

終わっても、物足りなかった。昨日の快感にこだわりすぎているのだろうか。でも淡い満足が体じゅうをひたひたとみたす。性欲はまだ残っていて、軽くゆさぶればすぐにでも起き上がりそうだ。性欲から離れがたい。このまま体を横たえていたい。かといって、甘い気怠《けだる》さがまとわりついてきてもう一回という気にはならない。体を支えているものが溶けて内側から崩れるような感覚にじっと耐えている。

食事をしないわけにもいかず、立ち上がる。夕食の準備をする前に、梅酒を少しだけ飲む。窓を開けると、少しずつ春が近づいているのか、それほど寒くはない。低い空から高い空に向かってなめらかに群青色《ぐんじょういろ》が濃くなっている。ため息が漏れる。誰も見ていないから、空に向かって性欲を開く。息苦しいほどの思いは体から抜け出し、高く高く昇っていく。空はとめどなく吸い込むだけで、ますます苦しくなる。

何か手ごたえが欲しい。性欲がぶつかったり押し戻されたり揺り動かされたりしたい。それが柔らかくてしなやかで匂いのあるものだったら、どんなにいいだろう。

チャイムが鳴る。この時間なら宅配便か新聞の勧誘か、インターフォンを取ると、若い男性が馴れ馴れしい口調で、今なら景品いっぱいつけますから三ヶ月お願いしたいんですけどお、と頼んできた。

「夫が新聞を取らない主義なのでどの新聞も断わってるんです。勝手に契約すると怒られるので……」

以前は相手に合わせて、巨人が嫌い、うちは××党支持ですから、広告が少ない新聞は取りません、とすげなく断わっていた。

「ごめんなさいね」

さらに媚《こ》びを含んだ声になっていた。

「そうですか。じゃあしょうがないっすね」

あっさり引き下がってしまった若い男をひきとめたい、ちょっと顔が見てみたいと、何か言おうとして、我に返った。遠ざかる足音を聞きながらため息をついた。

私は、現実の、人間の男とセックスしたいのだ。

女性器がべしみになった途端、性欲があふれ出てくるのは何かの罰なのだろうか。このまま性欲をもてあまし、男に色目を使うようになり、他人から「あのおばさん気色悪い」などと後ろ指をさされながら老いさらばえていくのだろうか。

そのうち性欲も消えていくのだろうか、あるいはますます激しくなって、いつかどこかで暴発するのではないか。

ときに強く、ときにやわらかく、体が疼《うず》く。何も手につかない、食欲もない、眠りたくもない。仕事では問題を先回りして解決しているのに、性欲の前では途方に暮れて、阿呆《あほう》のように部屋でじっとしているだけだ。

ジャージのパンツを脱ぎ、ショーツをずらして股の間を覗く。べしみはいる。性欲が消え去らない限り、そこに居座っているのか。眉間に大きな皺を寄せ、顔の上半分は確かに憤怒しているのに、鼻をふくらませ受け口気味に口を閉じ、下半分はニンマリしているような奇妙な顔は、なぜか憎めない。

べしみがあらわれてから、何度も女性器を見ている。べしみが消えて欲しいのは当然だが、べしみがあることで、女性器が少し近しくなった。キモかわいい、ゆるキャラみたいなものだろうか。一所懸命、アピールのためだけに働く、危害を加えたりしない、けなげな存在。それは私に訴える。

「そんなもんはねえと人前でえふりこいても、おめにはべっ、ちょっ、いとるし、性欲っちゅーもんがたんげあんだ」

そして私の体が大きく口を開けて快感をむさぼりたいと焦《あせ》っているのを見透かして、なだめるように言う。

「おめ、そう簡単にはいがねだ。そうやすやすと口は開げられね」

ひとりで性器と会話しひとりで性欲に耐えている。何だかものがなしい。

そうは言っても仕事は相変わらず忙しいし、父の喜寿祝いにハワイ旅行をプレゼントしたいという義姉と連絡を取ったり、会社の太極拳《たいきょくけん》サークルの会計係が悪性リンパ腫で入院したので帳簿を引き継いだりして、十代の少年のように性欲で頭がいっぱいいっぱい、というのは正確ではない。

それに、一時的に性欲がすうっと遠のき、性的なことを考えるのも不快だったことがあった。べしみが消えたわけではなく、生理が近づく予兆で、生理が始まれば手のひらを返したように性欲は復活した。生理前に性欲が高まる人もいるそうだから、人それぞれなのだろう。性欲は困りものだったはずなのに、戻ってきたとき、決していやな気持ちではなかった。若さやうるおいというものが戻ってきたような気がした。いかにも中年である。

復活した性欲は前と変わらず旺盛《おうせい》だったが、その性欲をただ解消したい——体から消し去りたいわけではなかった。欲しいのは性による快楽だった。どうしたら、性欲と上手に手を取り合って、あの快感の高みに行けるかということだった。

かといって外国映画のように率直にあけすけに相談できる女友達もなく、きょうだいは総合化学メーカーに勤めアメリカに赴任している十歳年上の兄だけで、母親に相談するなど到底ありえない。結局は本を読んだりネットで調べたりして、方法を探る。性について書かれたきわどいタイトルの本でも、ネットなら何の躊躇《ちゅうちょ》もなく買えるのは良い時代なのかもしれない。

他人の体験談を読み、性に関するサイトを見ていくほど、性欲がばかばかしいものに思えるのはなぜだろう。セックスをしたがることは実にありふれていて、いい年してセックスにうつつをぬかす人は、そうでない人から見れば、仕事や家庭に退屈し、他に打ち込めるものがないので、手っ取り早く人生全体に対する不満を性で解消している哀れな人らしい。手厳しい意見を知って冷静になれる反面、そうやって叩《たた》かれる性欲がかわいそうにもなる。

他人の性欲はわからない。ネット上に自らの裸を差し出すのは見られる快感なのだろうけれど、それに浴びせられてしまう非難をものともしないほど、いいものなのだろうか。男の性欲はもっとわからない。女性が書く真面目なブログのコメント欄に卑《ひ》猥《わい》な言葉が書き連ねてあることが多いのは、相手をはずかしめるだけで、その反応さえ得られないつまらない行為でも、気持ちよくなることができる男が多いということなのだろうか。

他人の欲望を知りすぎると、自分の欲望がわからなくなる。

パソコンの電源を落とし、本を閉じる。

性欲はそんなに蔑《さげす》まれるものなのだろうか。自分の性欲を大切に扱うのはばかげたことなのだろうか。ゴミ箱に捨てるように性欲を処理するのもひとつのやり方なのだろうけど、私には私のやり方しかできない。

性欲に目覚めてから、会社と住まいの往復マシーンだったのが、女という動物に近づいている。ふと見た男の長い指、こぬか雨の音、深夜の冷えた空気の匂いに欲望が高まる。気を紛らわす趣味や心惑わす情報も遮断して、原始時代の洞窟《どうくつ》に住む女のように、薄暗い部屋でこの艶《なま》めかしい感覚を全身で受けとめる。夜になればこうして、ひとりうっとりモードにスイッチが入るが、しばらくすれば何やってんだ？　と情けなくなる。体の真ん中にはべしみがある。不細工で滑稽《こっけい》で加齢臭がしそうなべしみの顔は私の性欲そのもので、その醜さは男から疎んじられるしかない。

遠い昔から、恋愛できなかった女、結婚できなかった女はひとり淋《さび》しく性欲に耐えてきたのか。今も、たくさんの満たされない女たちが夜を耐えているのか。そういう女の性欲が夜のなかに茫洋《ぼうよう》と漂っている。夜は甘く重苦しい。

セックスに関する本を読んで私が最も喜んだのは、女性器をまったく見ないでセックスする男は意外と多いという一文を見つけたときだった。

女性器を見せなくてもセックスはできる。

そんなことは常識なのかもしれないが、私は知らなかった。初体験のときに女性器を男の目にさらした記憶もないのに、セックスとは体のすべてをさらけだすことだと思い込んでいた。

だったら私もセックスできるかもしれない。

しかし、現実の男とのセックスは、簡単なようで一番難しいことだった。

出張ホストを検索してみたが、髪を目の下まで伸ばしてアヒル口でポーズを取る若い男の子たちを見ると恐れが先に立った。中年のホストは自信たっぷりの笑顔なのに目が笑っていなくてさらに怖かった。言葉の通じない異星人の世界や猛獣のいるジャングルに入り込むようで、おじけづいてしまった。

出会い系サイトものぞいてみたが、その文章を読むのは苦痛だった。手軽さや後腐れのなさを強調し、劣情をかき立てる文章をたくさん読んでいると、全身が気だるくなる。人生がどうでもいいもののように思えてくる。これにどっぷりつかると何かが損なわれてしまう気がしたけど、結局は臆病《おくびょう》なだけかもしれない。

日常生活で男性から誘われることや選ばれることはとうにあきらめている。だからといって現代人らしくスマートに性欲処理することはできそうになく、知らない男性をナンパする勇気はなおさらなかった。男友達もいないから、知り合いは仕事関係しかなく、それは何があっても避けたいことだった。

どう考えたって無理だ。

それなら自分で自分をなぐさめるしかないのだが、燃えさかる炎にコップで水をかけるようなものだった。ある程度の性的快感ならば恋愛感情と同じで、何かをきっかけに思い出して何度も再生して楽しむことができるが、あの性的絶頂感だけは、脳内で再現することが不可能だった。ポルノや性具の力を借りても、望むような結果は得られなかった。体のなかに居座った性欲は日に日に強さを増し、現実にセックスしなければおさまらないと、ひとり合点した。

イライラするようになった。男にふれてもらいたくてたまらないのに、嫌いな男性に不用意にさわられると、猫が毛を逆立ててシャーッと声を上げるように突然キレて、まわりからびっくりされる。仕事に集中しているつもりが、逆に単純なミスを指摘されることが増える。休憩中はぼんやりして、話しかけられても気づかなかったり、会話もうわの空になった。

同じ部署にいる年下の派遣の女性に「元気ないみたいですけど、何かあったんですか」と聞かれてしまった。

「体調がいまいちなんだよね。更年期かも」

笑ってごまかした。最後の一言で、大抵の三十代は、独身の四十女にそれ以上の追及はしないものだ。でも面倒見がいいと評判の一児の母はめげなかった。

「忙しいんじゃないですか。あの、私の知り合いでやっぱり体調が良くなくて婦人科に行った人がいるんですけど、ストレスが原因だって言われたんですって。仕事をしながら入院している子供を看病して、それで生理も……不順になって。女はたいへんですよねえ」

生理のところで一旦《いったん》言葉に詰まったのは、生理が止まったということなのだろう。直截《ちょくせつ》に言わないのはさすがの気配りだ。

とりあえず毎月生理もあるし、ホットフラッシュなどの更年期症状もないので「まあねえ」と言葉を濁した。

「うちも母が軽い脳梗塞《のうこうそく》で入院しちゃって。近所に住んでいるからまだいいんですけど、家事が何もできない父親ってほんと困りますよお」

「そうなんだ、大変だね」

それから彼女は実親の介護について熱心に語り始めたが、両親共にぴんぴんしている身としては、介護の苦労を粛然と聞き続けるしかなかった。同年代の女性の多くが、子育てだけでなく親の病気や老いに直面し、我が身をかまうことは二の次にしているのに、盛り上がる性欲にかかずらっている自分はほとほとお気楽者である。若いときに男性と向き合うことを避けてきたツケに今さら気づき、たった一回のセックスをしたいがために頭のなかがぐるんぐるん逆回転している色ボケ女だ。

「私、今すごくセックスがしたくって。独身で自由に相手を探せるからまだいいんですけど、恋愛も買春も何もできない四十女ってほんと困りますよお」

もしそう言ったら、彼女はどんな顔をするだろうか。

「体大事にして無理しないでくださいね」

「え？」

「いつでも協力しますから。データ入力なら任せてください」

彼女は笑顔で席を離れた。

残業をして最寄り駅についたのが十一時過ぎだった。シャッターが下りたアーケード街を足早に通り過ぎようとしたとき、自販機のそばに座り込んでいる若い男が目にはいった。

酒の飲みすぎで気持ちが悪いのか、スーツが汚れるのも気にせずに地べたに倒れ込もうとしている。髪が短く、体はやせてひきしまっていて、顔はよく見えないがあごのラインがきれいだった。靴と鞄《かばん》も清潔感があった。

いつもなら見ぬふりをして通りすぎていただろう。立ち止まって声をかけた。

「大丈夫ですか」

男は「うーん」と苦しそうな声を出しながらゆっくりと頭を上げた。視線が私の足下から胸を経て上へと向かっている。膝下《ひざした》スカートから出ているO脚気味の足が恥ずかしい。でも今日は安いダウンコートじゃなくてベージュのカシミアコート着てるし、と考えていたら、視線が顔で止まった。

「るせーよ、クソババア」

二十代後半の男ははっきりとそう言った。すくむ足を何とか動かし、逃げるように立ち去った。

家に帰っても、あの容赦ない口調が離れなかった。シャワーを浴びたり見たくもないテレビを見たり突然ガスレンジを磨いたりして、早く頭から追い出そうとした。毎晩べしみがどうなっているか確かめるのが習慣だったが、見る気はしなかった。

布団のなかで何度も寝返りを打ちながら、あの男は、目の前にいる女が怪しげなべしみを隠し持っているのを第六感で察知し、クソババアと罵倒《ばとう》したのだと考えるようにした。べしみがなくなればクソババアではない。そうやって無理やりべしみのせいにした。下心があったのを男が敏感に察知したかもしれないこと、ましてや男が一瞬でも顔を見てから毒づいたことは、考えない。

べしみをもってしまったのはしょうがない。性欲をもってしまったのもしょうがない。しょうがないものを抱えてしょうがない毎日を暮らすんだ、しょうがない、しょうがない、と繰り返しているうちに眠りについた。

それから一日、二日はふとした拍子に「クソババア」がよみがえり、体が急に固まってしまうこともあったが、時間がたてばその男の体つきは忘れないものの、声は思い出せなくなった。とはいえ若い男に対する恐怖の根っこのようなものはしっかり残り、彼らにできるだけかかわらず、そっけない心持ちで会話するようになった。以前は社外の男性やカフェの店員などが感じのいい若い男性だったりすると、それだけで気持ちが華やぐこともあったが、それもなくなった。しかし、性欲は一向になくならないのだった。

以前だったら「クソババア」と罵《のの》しられただけで、かなり長い間立ち直れなかっただろうが、たくましい性欲がつっかえ棒のように支えた。打たれ強さは、性欲を含む生きるエネルギーの強さに比例するのだろうか。セクハラだと意見しても一向に懲《こ》りないエロオヤジに近づいてるのかもしれない。

セックスよりも人を愛するほうが大切だとわかっているが、今は人を愛することなんか興味ない。好きな人とセックスするのが一番だとまことしやかに言われているが、好きな人なんかいないのだから、「クソババア」などと言わずに体を受け入れてくれる、若くなくていいけどそれほど年寄りでもない、安全で好みの相手ならそれでいい。恋愛とセックスは別だ。愛情と性欲を混ぜたりしない。セックスしたいだけの欲求を隠して恋愛相手を求めたり結婚相手を探すのは、相手に失礼だ。

相手を知りたくもないし自分をわかってもらいたくもない。コミュニケーションなんかいらない。人格はどうでもいい。社会的地位やお金の有無や知性やファッションセンスなどさらにどうでもいい。ただ体が欲しい。とにかく、欲しい。

と、次の瞬間、恐ろしくなる。強姦《ごうかん》する男の丸太棒のように単純な性欲、切羽詰った動物的な衝動にうなずきたくなる。お金や匿名《とくめい》性を使って性欲を処理するどこにでもいる男たち女たちの、底の抜けたあきらめに寄り添いたくなる。あらゆる時代のあらゆる場所の、性欲に狂わされた人間の哀《かな》しみに「わたしもそうだ」と一緒に泣きたくなる。

この欲望がかなえられるなら何でもしてやる。そう決めてパソコンに向かうと、小学生の女の子が全裸死体で発見されたというニュースが画面に出ていた。

性欲のために人間を道具にしないことだけは決めた。

＊

学生時代の友達に誘われて食事の後にバーへ行き、珍しく何杯も飲んだ。会社の愚痴は言っても、性欲の話などこれっぽっちもしなかった。天井が高く広い店内には六〇年代ロックが流れていて、その割には若い客が多かった。カウンターのなかには男性が二人いて、常連らしき客と言葉をかわすことはあっても、女性客に親しげに話しかけてくることはなかった。長髪で大きな二重瞼《ふたえまぶた》の若者よりも、髪のうすいひしゃげた顔の店長に心をひかれた。客商売に似合わないはにかんだ笑顔のせいかもしれない。

友達がタクシーに乗るのを見送った後、また店に戻った。客は学生カップルと四十代くらいの男性の三人だった。カウンターに座り、店長に「まだちょっと飲み足りなくて」と言い訳しながらビールを注文した。そしていきなり言った。

「お店が終わった後、私とつきあってくれませんか」

店長は一瞬顔がこわばったが、すぐさまあのはにかんだ笑顔に戻った。

「お客さん、ちょっと飲み過ぎたんじゃないですか」

「そんなことないです」

「この店二時までですし、その後片付けとかありますからね」

ぼそぼそと目を合わさずに返事をする。その間に、グラスには繊細な手つきでビールが注がれていた。

「待てます、待ってます」

酔いながらも、頭の芯《しん》はしっかりしていた。

カウンターにはビールと一緒に冷たい水も置かれ、店長が視線をこちらへ向ける。

彼がまっすぐに私の顔を見るのは初めてだった。

「お客さんとは、そういうことしないようにしてるんです。すみません」

口調は柔らかいが、顔はあきらかに怒っていた。それだけ言うと男性客のほうへ行ってしまい、二度と私に近づこうとしなかった。

断わられたショックでしばらくそこでかたまっていた。

店長は私を無視し、若い店員はカップルと話をするのに夢中で、店内は何事もなかったかのようにとろとろと時間が流れた。これ以上迫る気持ちはなく、一刻も早くこの場から立ち去りたかったが、すぐに店を出るのは不自然で目立つだろう。ビールを一口飲んで、改めて店長を眺める。どうしてこんな見映えのしない男に迫ったのか。どうしてこんな男にきっぱりと拒絶されてしまったのか――。もうじっとしていられなかった。若い店員にお金を払うと、店長を見ることもなく店を出た。

全然好みじゃなかった。でもこのやさしそうでモテなさそうな男ならイエスと言ってくれるのではないかと高をくくったのだ。そしてうかうかと誘い、魂胆を見抜かれ、見事にしっぺ返しを喰った。動機が不純だったのだ。

いやそうじゃない。こんな女は頼まれてもいやだったのだ。私を求める男はいない。それだけだ。その事実をまた思い知らされただけなのだ。

歩きながら歯をくいしばり、こんなことで泣いてはいけないと言い聞かせ、持ちこたえた。

身体《からだ》の感覚が抜け落ちていくようだった。男の人を誘って断わられただけなのに、死にたいくらいつらい。でも、男に色目をつかって邪険に扱われただけで死ぬような女は、世間から笑われるだけだ。恋愛下手なくせにセックスしたい女が、買春も出会い系も怖くて手が出せず、相手を探そうとしておろおろしたあげく失敗、自殺なんて、イタすぎる。

以前の私だったら、そんな女は女の恥であり、同じ女として見られたくなかっただろう。そこまで性欲が強いのは、身体的あるいは精神的に問題があるか、日常生活の不満が溜《た》まりすぎているのだと切り捨てる。

でも今ならわかる。

この性欲は、身体的にも精神的にも問題なく、多少の不満はあっても自分の稼ぎで生活できて、親も元気という幸せを感じているからこそ、健康的に伸び伸びと湧き上がったのだ。

ガンを宣告された人が「どうして私がガンになってしまったのだろう」と考えるのと同じように、「どうして私にこんな激しい性欲が湧いてしまったのだろう」と思う。

それは突然嵐のように襲いかかり、それに囚《とら》われた者は、経験したことのない、自分の力だけではどうにもならない身体の状態に途惑い続けるのだ。

ガンならばいろんな経験者が語っている。しかし、とうが立った独身女が、仕事でも趣味でも自慰でも解消できないセックスしたい欲求を、道徳的に納得できる方法でどのように満たせばよいのか、その真剣な体験談を聞くことは容易ではない。

どうしたらいいの――。

誰に言うでもなくつぶやく。世の中にいる中年の、老年の、男に縁のない女たち、ずっとセックスしていない女たちに問いかける。

ねえ、こういう性欲に襲われた人もいるでしょう？　セックスしたくてしょうがないときってあるでしょう？　そしたら、どうしてたの？　ただ我慢したの？　男みたいに金で解決したの？　元恋人とか、知り合いのなかから、この人なら大丈夫っていう人に自分からアプローチしたの？　そういう男がいない女は、失恋から立ち直るのと同じように、ひたすら毎日をやり過ごして、かなわぬ思いや痛みが去るのを待つしかないの？　こんなことは取るに足らないことだと、自分を叱咤《しった》しなだめすかして、水をやらない花のように、やがて枯れて干からびていくのを眺めているしかないの？

世の中の半分は女だというのに、どこにも女がいなくてひとりぼっちのような気がした。他の女はみな女の皮をかぶったにせものだと思った。でも、私もかつてはそうだった。女をさらけだし正直に生きている女を毛嫌いし、ばかにしていたのだ。

ふらふらと夜の繁華街を歩いた。汚れた電柱だらけで緑の葉がゆれる街路樹ひとつない小路、キャバクラの毒々しいネオンサイン、小さなスナックのいかめしい扉、大勢の騒ぐ声が聞こえる安居酒屋。細身の黒いスーツを着た客引きの若い男二人がホストクラブの前でつまらなそうにだべっている。ジャンパーのポケットに手を突っ込んで歩く初老の男が目の前で道に痰《たん》を吐く。きれいな足をしたショートパンツの女の子と派手なジャケットを着た男が腕を組み笑い声を響かせながら追い越していく。誰も私をかまわない。見向きもしない。私の真の姿を知らない。私は因幡《いなば》の白兎《しろうさぎ》のように、傷だらけの赤くひりひりした女をさらして、荒野を歩いている。

歩き疲れて、タクシーを呼ぶために手をあげた。帰るところは、誰もいない私の部屋しかない。

シートに座ると重い疲れを感じた。こんな面倒な体をかかえて生きていくのは、とてもできそうにない。でもこの週末を寝るだけ寝て、月曜にむっくり起きたら、何事もなかったように会社に行くだろう。これまでひとりでちゃんとやってこれたんだから、大丈夫。大丈夫。

タクシーの運転手は行き先を告げると短い返事をして、後は無言だった。三十代くらいの男性で、割り込む車や猛スピードで脇《わき》をすり抜けるバイクにも動じず、慎重に、なめらかに車を走らせた。

少したって、喉《のど》の奥からむかむかとこみ上げてくるものがあった。今日は飲みすぎた。車を止めて欲しいと口を開くのもつらい。我慢できない。急いでバッグを逆さまにして中身をシートにぶちまけ、バッグのなかに吐いた。赤い色が混じっているのはピザのトッピングのトマトだろうか……先月買ったばかりの牛革のトートバッグ……ちっともうまくいかない私の人生みたい……すっぱい匂いが上がってきて、すぐにバッグの口を閉じて足下に置いた。窓を開ける。吐き切ったのか、気分はおさまった。運転手は吐いたことをわかっているはずなのに何も言わない。かえって不安になり、ハンカチで口をぬぐって話しかけた。

「すみません。吐いてしまったんですが車内は汚してないです。適当なところで止めてください」

運転手は、注意深く車を左に寄せて止めた。

「まだ気持ち悪いですか」

いたわりのある声だった。振り向いた運転手の顔は肌がつるりとしていた。目鼻立ちのはっきりしない、印象の薄い顔だった。

「いいえ、もう平気です。窓は開けましたが、このまま乗ってたら匂いが残るかもしれないし、そしたら次のお客さん乗せられないでしょう」

「……本町までまだ遠いですよ。このまま乗ってください」

「いいんですか？」

「ええ」

それだけで黙ってしまった。

「じゃあすみませんが、一度降ろしてもらえますか。あそこのコンビニに寄らせてください」

少し先に見える店を指差した。

「そばまで寄せます」と運転手はギアを動かした。

車から降りると、バッグをゴミ箱に捨てた。今夜のこともこれで全部捨てた。コンビニで水を買い、バッグの中身を入れるレジ袋も手に入った。トイレを借り、洗面所でうがいをしてから車に戻った。

「ありがとうございました」

運転手の背中に向かって頭を下げた。

運転手はうまく言葉が出てこないのをごまかすように車を発進させた。しばらく走ってから、唐突に口を開いた。

「あなたは……すごくいい人です」

少しもうれしくなかった。

車内で吐いてもいやな顔ひとつせず、乗車拒否もしなかったことは心から感謝している。無口なところや少ないボキャブラリーで精一杯ほめてくれたのも好ましい。でもむなしいだけだった。

「いい人？　何それ。女として魅力がなきゃしょうがないの、意味ないの」

自分でも驚くほど険のある物言いだった。あわてて「ごめんなさい。くだらないこと言いました、忘れてください」とつけ加えた。

返事はなかった。気を悪くしたに違いない。欲求不満の不機嫌を撒《ま》き散らす最低の女。若いとき、そんなおばさんにだけはなりたくなかったのに。二人きりの空間にいたたまれず、窓の外ばかり見ていた。

「お客さん、魅力あると思います」

淡々とした言い方だった。人をからかうようなタイプではないし、同情されているのか。

「だったらこれからどこか行く？」

ほとんど喧嘩腰《けんかごし》だった。今度は後悔しなかった。本気でそんなこと思ってもいないくせに適当なこと言うな。さっさと家まで走らせろ。

運転手は何も言わず、アクセルを踏んだ。バックミラー越しに運転手の表情を窺《うかが》おうとするが、その細い目は憮然《ぶぜん》としているようにも、何も考えてないようにも見える。やがて車は、本町に向かうには左折しなければならない交差点の少し手前で止まった。

「曲がりますか？　それとも、まっすぐ行きますか？」

うわずった、少しかすれた声だった。それでもはっきりと聞き取れた。絶え間なく通り過ぎる車の騒音が、消えた。

ちょっとどうしたの？　もしかしてそういうこと？　まさか。あ、行き先間違えてる？　でもさっき本町ってはっきり言ったよね。ここ曲がるしかないよね。遠回りしていいかって意味？　わざわざ聞かないよね……そんなこと言っていいの？　まっすぐってどこに行くの？

ひと言たずねればそれですむのに、できなかった。余計なことを言ってしまったら、何かがぜんぶ台無しになるような気がした。

運転手は微動だにせず、ハンドルに両手を置いて前を向き、静かに返事を待っていた。向こうに見える交差点の信号が青になった。

「……まっすぐ」

ゆっくりと車が動きだした。

私はシートに深く腰掛けた。酔った勢いには違いないが、自暴自棄になっているわけではない。助手席の前には運転手の顔写真と名前とタクシー会社の名前が表示されている。運転手は最初からずっと礼儀正しい。そして左手の薬指に指輪があった。何より、私を受け入れてくれる男があらわれるということが、これを逃せば二度とないかもしれない――。

そして今、運転手とラブホテルのベッドのなかにいる。

車はするりと玄関をくぐり、運転手は車を降りると振り向くことなくどんどん前へ進むから、その後を黙ってついて行った。

部屋に入り、ベッドの白いシーツを目にした途端、腹の肉が横に広がっている肉体を見知らぬ男にさらすのかと動揺したが、彼は服を脱いでベッドに入るまで私のほうを見ることはなかった。

ベッドのなかで初めてお互いの体にさわる。見た目よりも肉付きのいい男に抱かれたとき、自分とは別の生きものにふれて、しなびていた自分の細胞がふっくらと生き返る心地がした。

強く抱きしめられて有頂天になり、さらに強く抱き返す。体からは、彼の物腰に似た控えめで好ましい匂いがする。男の唇が、息が、首筋にふれてめまいがする。その唇が私の顔に近づき、キスかと期待したらすっと通り過ぎた。それで、勘違いしてはいけないと自分を戒めるが、男の、のしかかるのではない、しがみつくような体の重ねかたが、私を少し安心させた。もしかしたらこの人は私と似ているのかもしれない。

男の指が女性器に触れてどきりとするが、男のなめらかな動きが止まることはなかった。体の中心からどっと水が流れた。自分でするときに湧き出る場所よりもはるか彼方《かなた》の奥のほうから、水が滲《にじ》みだした。体はもっと感じたいと皮膚の下で暴れているが、頭はどんどん冴《さ》えていく。男の指が動いて水が滲みだすたびに、私の体の内に、私の知らないこんな場所があったのか、と笑い出しそうになる。ああ、男とはいいものなのだなと、楽しくなってくる。

運転手は何度も私の太ももを撫《な》でる。すべすべして気持ちいい、と言う。性器を見ようとはしない。私の目を見ることもない。熱心ではないが雑ということもなく、丁寧に体にふれる。そういえば、バーの店長も見とれるほど丁寧にグラスを扱い、その指が女の体にふれたらどうなのだろうかと思ったのだ。

あのバーの店長も男。この運転手も男。

どちらも悪い男ではなく、この男のほうが女の性欲に親切なのだろう。危険ということなら今の場合、女より、素性を知られている男のほうが勝っているかもしれない。スエゼンクワヌハオトコノハジという言葉が浮かぶ。モテ男の戯言《ざれごと》だと思っていたが、窮極の場面で見せる男のやさしさなのかもしれない。

運転手の顔は確かに見ているが、次に会ってもこの男の顔はわからないかもしれない。罪悪感はない。男の職業と名前以外は何も知らず、相手は私のことを何も知らない。そして相手を知っていく段階をすべて飛ばして、無防備に裸で抱き合っている。それは恐ろしく不安なことでしかないと思っていたが、こうしてたまたま行き会って、お互いに受け入れあい、肉体という一点だけでつながっていることは、相手に対して、祈るような、いたわしさを感じる。

布団をはだけて、男が乳房に顔を埋《うず》めた。恥ずかしさを押しのけるために、ひとりのときのように自分だけの快感に浸ろうとすると、男がふいに、寒くないか、と聞く。寒くない、と答える。男を見失わないように、男の声をもっと聞きたいと思う。けれども男はもう何も言わない。だから男を見る。初体験のときは性的快感など知らなかったから、こねくりまわされているような感触しかなく、荒涼たる気分で眺めていたのを思い出す。相手のことが好きだったのに、ただ未熟で残酷だったのだ。今は、その唇の思いがけない温かさや柔らかかみに素直な悦《よろこ》びの声を上げてしまう。感じるとは与えられることだったのだ。与えられる一方で、こちらからは何をどうすればいいのかわからず、そんなことは考えたことがなかったことに愕然《がくぜん》としながら、男の背に手をまわす。男は胸の谷間に顔をあずけ、女の感触を確かめるように抱く。女は男のその腕の強さを頼みに、男を抱きとめる。

性欲とは生殖と快楽のためにあるのだろうが、人がひとりではいられないようにするためにあるのかもしれなかった。セックスとは閉じた営みなのかもしれないが、わたしというものが溶けて、大勢の、ただの、男と女というもののなかに分け入っていくようでもあった。

さっきはひとりぼっちだと思ったのに、今はあらゆる女と仲間になっている気がした。男に抱かれているのに、そのうえから女たちにさらに抱きこまれている。そうか。女は誰にも言えないいやりかたで性欲を解消することがあるのだ。女の皮をかぶった女はそれを知らない。知らないほうが幸せなのだ。それを知っている女は、知っていても誰にも言わない。ほんとうの女なら誰でも知っていることは、語られない。

男に抱かれながら目を閉じると、花がさびしく咲く野原が見えた。仲間になった女たちが春の野原に咲く花になったことを知る。そこに小べしみの面をつけた鬼神があらわれる。この鬼神は春の神だ。春神が踊りだす。私が男に組みしだかれるのに合わせて、喜びをあふれさせて舞い踊る。

男の手が私の手を男性器にふれさせる。そこはしっとりと熱く濡《ぬ》れている。怖くない。私の女性器が、私が、おはいりなさいと男を導く。

鬼神が大きく口を広げ、大笑いしたように見えたかと思うと、宙へ高く飛び上がった。一瞬天へ昇って見えなくなる。そして、降りてきた。

抱き合っていた二人は、同時に離れた。ほんの少し、視線が交わるが、どちらもあわてて目を伏せた。別のタクシーを呼んで帰りますからどうぞ、と告げると、男はおもむろに帰り支度を始めた。

私はベッドに横たわり、穏やかに空を見ている。

鬼神が謡《うた》い踊りながら去っていく。べしみが遠く離れていく。野の花がやさしく揺れ続ける。この野原がまた荒野になったとしても、もううろたえはしないだろう。

「残欠」について、以下を引用・参考としました。
朝日新聞二〇一三年三月十七日付・生活面「かしこいおかず」
『坊っちゃん』夏目漱石著（岩波文庫）
『魂の家族を求めて　私のセルフヘルプ・グループ論』斎藤学著（日本評論社）
『ママと踊ったワルツ　アルコール依存症の母親をもった娘たちの癒しの物語』
エレノア・アグニュー、シャロン・ロビドー著　山本幸枝訳（保健同人社）
『依存症』信田さよ子著（文春新書）
『中年クライシス』河合隼雄著（朝日文芸文庫）
『紙風船』岸田國士著（『岸田國士全集1』所収　岩波書店）
『妻の日記』岸田國士著（『岸田國士全集26』所収　岩波書店）

解説

ケラリーノ・サンドロヴィッチ

この本の四作目に収められている「残欠」の、ある箇所に線を引いた。

いつだったか、あなたは幸せかと聞いたら、そういうことは考えたことがないと返された。そんな人間がいるのかと驚いていたら、しかし君の幸せについてはいつも考えていると言われた。そのときは、相変わらず口のうまい人だと呆《あき》れただけだったが、もしかしたらこの人は本気でそう思っているのかもしれない。自分の幸福など考えたこともない頭で、妻の幸福を考えている。それは、自分のことも、妻のことも、何もわかっていないことと同じなのではないか。

これは、劇作家・岸田國士《くにお》の随筆「妻の日記」の一節に対応している。

いつの頃からか、ずゐぶん若い頃から、私は自分の幸福といふやうなことを考へる習慣をなくしてゐる。しかし、家内の幸福といふことだけは、結婚以来、念頭を去つたことはない。

大正の終わりから昭和二十年代にかけて活躍した岸田の戯曲は、驚くほどモダンで客観的だ。主題らしい主題はなく、哲学的な会話だけが交わされるような短編も多い。当時さっぱり理解できない人も多かったろう。あの時代にあのような作品を執筆したのは、驚異的な仕事である。僕は岸田の戯曲をつなぎ合わせて一幕ものとして上演したことがある。（「犬は鎖につなぐべからず〜岸田國士一幕劇コレクション〜」「パン屋文六の思案〜続・岸田國士一幕劇コレクション〜」）

岸田の凄《すご》さを思い知らされたのは、その稽古《けいこ》中だった。ビターでシニカル、それでいて胸がときめくような味わいもある。非常に辛辣《しんらつ》なラストもある。それが人間であり、人の世であるという説得力に満ちていた。ちょっとした象徴の描き方も、たまらなく効くのだ。ものすごい人だ、とんでもないものに手を出してしまったな、と思った。

次女で女優の岸田今日子さんに、生前お話を伺う機会があった。家庭においては、とても厳しい父親だったという。ほとんど話をしたこともなかったらしい。敬愛していたし、後年父親の仕事に触れてみて感じることはたくさんあったけれど、幼い頃はただただ怖い人だった、と。

だが、先の引用部分からもわかるように、仕事にだけ邁進《まいしん》し、家庭をないがしろにした人ではなかった。「妻の日記」は、四十歳で病死した妻が遺《のこ》した日記を見つけ、それを読んだ岸田の思うところが綴《つづ》られている。

私は亡《な》き妻の日記が私に教へるところに従ひ、世の若き女性に愬《うった》へる。日本の女としての、真の幸福とはなにかといふことを、今こそはつきりと自覚しなければならぬ。

それは第一に、日本の男を男らしく作りあげるといふことにあると私たちは信じる。妻として夫を、母として息子を、主婦として世間の男たちを。

この引用を読めば、現代の女性は憤慨するかもしれない。男を男らしくするのが私たちの幸せだと?と喰ってかかりたくなる人もいるだろう。だが、まだ戦中（一九四三年）の作だ。そういう時代だった。あれほどモダンな戯曲を書いた作家の言だと思うと意外ではあるが、時代に鑑《かんが》みれば至極当たり前の感覚ではないか。つまり、岸田の考える「妻の幸福」とは、夫である自分を「男らしく」作りあげることだという結論だったのだろうか。

「残欠」の夫は「國生《くにお》」というが、彼の思う「妻の幸福」とは何か。岸田國士のいう「妻の幸福」と同じではないだろう（なんせ現代の小説だ）。

國生のような人間とは、喧嘩《けんか》のしようがない。主人公である妻にとっては、自分に負い目があるという点が大きいだろうが、それがなくとも、なかなか争いにくい相手だ。駄目な自分を見捨てず、息子にも優しく、常識がある。自分よりはるかに上手に生きている夫。善意しか感じられないから、責めることもできない。この男にとっては、妻を見捨てずに一緒に居続けることが彼の「美学」なのではないか。だがその美学が妻を苦しめ、追いつめていることには気づかない。

男が「美学」に縛られやすいのは、理屈の生き物だからだと思う。二〇〇九年から二〇一〇年にかけて加藤和彦《かずひこ》さんや今野《こんの》雄二《ゆうじ》さんが自死したとき、ダンディズムを固持したまま生きてゆくのが極めて難しい時代になったのかもしれない、と感じた。SNSが発達して、「素」を公開する時代になり（それがたとえ演出された「素」だったとしても）、素をまったく見せずに世間に自分を発信してゆくのは至難の業となった。絶対に「素」を晒《さら》したくない人には、「美学」が必要になる。素を見せない生き方に対する、美学という理屈が。

國生も、素を見せない謎《なぞ》めいた夫である。だから、彼を理解できない妻の視点で書かれた「残欠」では、國生が妻を本当はどう思っているのか、どんな気持ちで日々生活しているのか、まったくわからない。「妻の幸福」を國生がどう捉《とら》えているのかも、同様に謎のままだ。もし國生の視点から書かれたとしたら、どんな物語になっただろう。そこにはまったく別の景色が広がっているのではないか。

「視点」の在り方は、この作品の根幹に密接に関わっている。主人公がアルコール依存症の過去をもつことは中盤まで明かされない。本作を読み始めたとき、僕は不思議だった。まだ四十二歳のこの人は、なぜこんなにも老《ふ》け込んだような生活をしているのか。しかも、自分から老いを望み、老いを愉《たの》しんでいるように見える。そして古い器の欠片《かけら》——残欠のエピソードが象徴のように差し挟まれ、その後、公園の芝生の上にうつ伏せになっている女性を見かける。この場面がとても印象深い。「あの人も、もしかして——。」と思い、主人公は女性に駆け寄っていく。この出来事を機に、転調するかのように、主人公の過去が明かされてゆく。うつ伏せの女性を「もしかして」何だと勘違いしたのか、その内実について。

その構成、情報の出し方、出す順番が、とても巧みだ。他者にとってはいちばんインパクトの強い情報を、あえて最初は伏せておいて中盤で出す。夫はどうやら浮気しているようだし、子どもはなぜか冷淡だし、なんだか気の毒だなと思っていた女性が過去に家族にしたことを知り、身も蓋《ふた》もない言い方だが「こんなひどい人だったのか」と驚くのだ。

情報の出し方は作者の工夫であると同時に、主人公の心情ゆえでもある。自分の過去を、そう簡単には語れない、語りたくないという思い。それがここまで告白を遅らせたのではないだろうか。作家の技巧と語り手の都合が矛盾せず、両立している。

僕は、戯曲でもシナリオでも、男性より女性を描くほうが楽しい。女性はどこか理解しきれない存在で、得体が知れない。だからこそ書きたくなる。例えば、テーブルを挟んで僕と和やかに対話していた女性が、急にテーブルの上に乗って激しく怒り出したとしても、「僕が何か悪いことをしてしまったんだろうな……」と思う。「なんか、わかる」と思う。本当は全然わからないのだけど。「残欠」の主人公もラストでついに「いいとか悪いとかそういうことじゃないの！　いやなの！」と夫に激しく感情をぶつけるが、男はそういうことがなかなか出来ない。嫌だから嫌なんだ、とは言いにくい。どうしても理屈を必要としてしまう生き物だ。なぜ嫌なのか、筋道立てて説明しようとしてしまう。女性にとっての男性とは、そして男性にとっての女性とは、最後のピースまでは絶対に埋められない存在なのかもしれない。

「残欠」は、岸田の代表作「紙風船」にも重ね合わせられている。新聞記事を読み上げる冒頭、そして、お互いに求めるものが見事に食い違っている夫婦。「紙風船」では、近所の子どもが誤って投げ入れた紙風船によって、夫婦は決定的な衝突を免れる。「残欠」では、妻は激昂《げっこう》する。だが、その先に待っているのが破綻《はたん》なのか、新しい未来なのかまでは書かれない。書かれないところがいい。結論まで言ってしまってはつまらないし、言ったからどうなるというものでもない。僕たちが普段しているような、効率の悪いやりとり、ひいては効率の悪い人生が、ここにはあるのだ。

本書は六編からなる短編小説集で、主人公はそれぞれ異なるが、みな四十代の女性であることは共通している。三十代とは、女性にとってさまざまな決断を迫られる年代だと思う。結婚するのか、子どもを産むのか、仕事を続けるか辞めるか。男性ならば直面しなくて済むような問題に、対峙《たいじ》しなければならない。

「残欠」の主人公は結婚と出産の両方を経験し、自らが望んで専業主婦となった。一見恵まれているように見える女性だが、彼女の三十代は、アルコール依存症との壮絶な闘いだった。ライフステージに関する決断どころか、生きるか死ぬかの決断を迫られた年月だっただろう。

それぞれに困難な三十代をなんとかくぐり抜け、しかし「解決」などは為《な》し得ないままに四十代を迎えた女性たちを、田中さんは見つめる。六人が語る「私」の悩みを、決断を、肯定も否定もせずに、でもこれ以上ないほど丁寧に見つめている。

（平成二十八年八月、劇作家・音楽家）

この作品は平成二十六年三月新潮社より刊行された。

甘《あま》いお菓子《かし》は食《た》べません

新潮文庫　た-119-1

平成二十八年十月一日発行
平成三十年十一月十日七刷

著者　田《た》中《なか》兆《ちょう》子《こ》

発行者　佐藤隆信

発行所　株式会社 新潮社
郵便番号　一六二―八七一一
東京都新宿区矢来町七一
電話　編集部(〇三)三二六六―五四四〇
　　　読者係(〇三)三二六六―五一一一
http://www.shinchosha.co.jp

価格はカバーに表示してあります。

乱丁・落丁本は、ご面倒ですが小社読者係宛ご送付ください。送料小社負担にてお取替えいたします。

印刷・錦明印刷株式会社　製本・錦明印刷株式会社

ISBN978-4-10-120621-9　C0193